Katrin Tempel
Stillst du noch oder lebst du schon?

Zu diesem Buch

Gestern saß sie noch in ungewohnt ländlicher Idylle ... aber heute könnte sie wieder Latte macchiato in der City trinken! Wenn da nicht Ehemann Oliver und Töchterchen Hanna wären, die mit Großstadt und abendlichen Events nur wenig anfangen können. Da mögen die Hochglanzmagazine lange darüber schreiben, wie frau Beruf, Familie und Liebesleben unter einen Hut bringt – in der Realität sieht das alles etwas komplizierter aus. Alexandra versucht verzweifelt, Hannas Höschenwindeln, die Marketingkonzepte ihres Gatten und die eigenen Karrierewünsche zu vereinbaren. Und dann taucht auch noch eine Ex aus Olivers Vergangenheit auf. Am liebsten würde Alexandra jetzt ihre Katze schnappen und auf eine einsame Insel verschwinden. Doch Aufgeben kommt für sie nicht infrage ... »Katrin Tempel schildert humorvoll das Dilemma einer Karrierefrau, die Manolos gegen Gummistiefel und Kind eintauscht.« Börsenblatt über »Stillen und Chillen«

Katrin Tempel wurde in Düsseldorf geboren und wuchs in München auf. Nach dem Studium war sie Journalistin und später Chefredakteurin verschiedener großer Zeitschriften. 2003 machte sie sich selbstständig und berät seither Zeitschriften, schreibt Drehbücher (unter anderem den historischen ZDF-Zweiteiler »Dr. Hope«) und Bücher. Unter dem Pseudonym Emma Temple veröffentlicht sie außerdem große Schicksalsromane wie »Der Tanz des Maori« (erschienen bei Piper). 2007 lernte sie ihren jetzigen Mann kennen, mit dem sie mit der gemeinsamen Tochter in Bad Dürkheim lebt. Der vorliegende Band »Stillst du noch oder lebst du schon?« ist die Fortsetzung ihres Erfolgromans »Stillen und Chillen«.

Katrin Tempel

Stillst du noch oder lebst du schon?

Roman

Piper München Zürich

Mehr über unsere Autoren und Bücher:
www.piper.de

Von Katrin Tempel liegen bei Piper vor:
Dr. Hope. Eine Frau gibt nicht auf. Deutschlands erste Ärztin
Stillen und Chillen
Stillst du noch oder lebst du schon?

Für Georg und Emma

Mix
Produktgruppe aus vorbildlich bewirtschafteten
Wäldern und anderen kontrollierten Herkünften
www.fsc.org Zert.-Nr. GFA-COC-001223
© 1996 Forest Stewardship Council

Originalausgabe
August 2011
© 2011 Piper Verlag GmbH, München
Umschlagkonzept: semper smile, München
Umschlaggestaltung: Guter Punkt, München | www.guter-punkt.de
Umschlagmotiv: Sophie Polewiak unter Verwendung von Motiven von
Shutterstock
Satz: Kösel, Krugzell
Gesetzt aus der Bembo
Papier: Munken Print von Arctic Paper Munkedals AB, Schweden
Druck und Bindung: CPI – Clausen & Bosse, Leck
Printed in Germany   ISBN 978-3-492-26466-2

Inhalt

1

Plan B

Ich bin Münchnerin. In München bin ich geboren, in den Kindergarten und zur Schule gegangen, in München habe ich die Uni besucht, meinen ersten Freund geküsst und an einen anderen meine Jungfräulichkeit verloren. Nicht unbedingt in dieser Reihenfolge. Aber eines ist sicher: Alle wichtigen Dinge in meinem Leben sind an der Isar passiert. An dem Ort, wo sich der Himmel bei schönem Wetter so leuchtend blau über den Englischen Garten spannt. Wo die Biergärten mit Maßkrügen voller frisch schäumendem Bier locken, die Menschen sich an den langen Bänken gepflegt angranteln. Direkt vor den Toren der Stadt verspricht der Ammersee einen schönen Nachmittag für Surfer, nur knappe vier Stunden entfernt kann man ein Wochenende auf dem Gardasee verbringen. Tagsüber auf Wind warten, abends ein paar Drinks in den Surferbars genießen. Im Winter wird es noch besser. Die Hausberge der Münchner lassen sich sogar an einem freien Nachmittag erreichen, das Snowboard hat immer genug Bewegung … Und dann ist da noch meine Firma. Selbst gegründet von mir und einer Freundin und seit einem Jahr auch ganz schön erfolgreich. Alles perfekt.

Mit einem einzigen kleinen Fehler. Ich wohnte nicht mehr in München.

Seufzend scrollte ich die Münchenangebote bei Immobilienscout nach unten. Altbau, saniert, fünf Zimmer, Parkett und Stuck. Keine Chance. Meine Firma ist erfolgreich, aber wir haben keinen Goldesel auf der Toilette versteckt. Wer konnte sich schon tausendsechshundert Euro Kaltmiete leisten? Ich jedenfalls nicht. Doppelhaushälfte in einem der Vororte von München. Garten und S-Bahn-Anbindung. Ich zog die Nase kraus. Von Natur hatte ich gerade mehr als genug! Also weiter. Sechzigerjahre-Bau in Neuhausen. Nicht der hippste aller Stadtteile, aber okay für meine Bedürfnisse. Ich wählte die angegebene Telefonnummer, eine Frau meldete sich mit dem typischen Münchner Zungenschlag, bei dem schon die Namensnennung wie ein Frontalangriff wirkt. »Meyerhofer!«

Ich besitze eine Marketingagentur. Wenn es darum geht, jemandem am Telefon etwas zu verkaufen, bin ich in meinem Element. Ein Eskimo erhält von mir einen Kühlschrank, in die Sahara verkaufe ich, ohne mit der Wimper zu zucken, einen Sack Sand. Mit meiner schönsten Telefonstimme meldete ich mich. »Grüß Gott. Mein Name ist Alexandra Walter, ich interessiere mich für Ihre Wohnung …«

»Besichtigungstermin ist morgen um 15 Uhr.« Diese Frau verschwendete wenigstens keine Zeit für überflüssige Höflichkeiten. Aber sie war noch nicht fertig. »Bringen Sie eine Bestätigung Ihres Arbeitgebers oder einen Kontoauszug mit, der nachweist, was Sie verdienen. Drei Monatsmieten Kaution, keine Tiere, keine Kinder.« Ich sah den Hörer schon seit ein paar Wochen bei solchen Aussagen nicht mehr wütend an. Ich legte einfach auf. Mein Leben ist zu kurz, um mich von Kinderhassern höflich zu verabschieden. Dann vergrub ich mein Gesicht in meine Hände. Es gab keine Wohnung für meinen Mann, einen leidlich erfolgreichen Krimischriftsteller, meine elfmonatige Tochter, meine alternde Siamkatze Holly und mich. Eine Marketingfachfrau und ein Autor – das wäre in der Stadt meiner Wahl kein Problem gewesen. Die Sache mit der Katze hätte so mancher Vermieter noch geschluckt. Aber Hanna wollte niemand haben. Ich öffnete meinen E-Mail-Account. Ein paar Spam-Mails und zwei Antworten von Kindergärten. »Leider bietet unsere Einrichtung keine Plätze für Zweijährige an. Wir nehmen Sie aber gerne auf die Warteplätze für die Dreijährigen auf, müssen Sie aber darauf hinweisen, dass auf dieser Warteliste bereits vierzehn Kinder vor Ihrer Tochter stehen …« Ich löschte die Mail und sah mir die zweite an. »… freuen wir uns, Ihnen mitteilen zu können, dass wir Ihre Tochter für einen Monatsbeitrag von dreihundertfünfzehn Euro (zzgl. der Kosten für die Mittagsverpflegung) ab ihrem dritten Geburtstag aufnehmen können.«

Zum zweiten Mal seufzte ich. Wie konnten sich andere Mütter ihre Kinder in München leisten? Warum gab es hier nicht allenfalls Einzelkinder?

Mein Blick fiel durch das Fenster meines Arbeitszimmers. Wein, so weit das Auge reicht. Saftig-grüne

Reben, an denen der Reichtum der Region hing. Ich hatte mich vor knapp zwei Jahren in einen Mann aus der Pfalz verliebt. Um genauer zu sein: in Oliver. Aus Bad Dürkheim. Eine Kleinstadt, wie man sie sonst nur aus den Prospekten der Sorte »Urlaub in Deutschland« kannte. Kopfsteinpflaster, Fachwerk, Erker, Türmchen und an jeder Ecke ein Weinfest. Hals über Kopf war ich damals hierhergezogen, schwer verliebt und ebenso heftig schwanger. Es erschien mir damals wie die perfekte Lösung. Mithilfe des Home Office würde ich meine Firma in München am Laufen halten, in Olivers Haus mit den vielen Quadratmetern war genug Platz für eine kleine Familie und ein Büro. So dachte ich mir das damals. Um ein paar Monate nach Hannas Geburt zu merken, dass ich keine Lust auf den Pfälzer Zungenschlag hatte, den ich meistens sowieso nicht verstand. Dass ich Sehnsucht nach meiner Heimat hatte und die Nase voll von der Bilderbuch-Schönheit Dürkheims. Zum Glück war der Mann meines Herzens eine sehr verständnisvolle Ausgabe seiner Art. Er versprach mir, dass er es mit den Bayern probieren würde. Mein Glück war ihm wichtiger als seine Heimat. Das war letztes Weihnachten. Seitdem suchte ich in München nach einer Wohnung. Wie gerade eben beschrieben: ein hoffnungsloses Unternehmen. Zu teuer, zu hässlich, zu kinderfeindlich, zu klein … und nirgendwo eine Chance auf Betreuung des Nachwuchses.

Dagegen war Bad Dürkheim eine Insel der Glückseligen. Wir wohnten in dem Zweihundert-

Quadratmeter-Jugendstil-Palast, den Oliver von seinen Eltern geerbt hatte. Der Kindergarten lag zweihundert Meter entfernt, wir hatten einen Platz für die zweijährige Hanna sicher. Kostenfrei. Warum kriegten das eigentlich die Stadtoberen in München nicht hin? Keine Ahnung. Jedenfalls war inzwischen schon fast der Sommer vorbei, in wenigen Wochen würde Hanna ihren ersten Geburtstag feiern. In der Pfalz, immer noch.

Wie aufs Stichwort öffnete sich in dieser Sekunde die Tür zu meinem Arbeitszimmer. Mit großen Augen schob Hanna sich energisch durch, lief etwas wackelig auf mich zu und lehnte sich dann an mein Knie, bevor sie doch wieder das Gleichgewicht verlor. Dazu strahlte sie mich an. »Mama!« Ich konnte mir ein Lächeln nicht verkneifen und streichelte ihr über die dünnen, aschblonden Haare. »Na, bist du dem Papa wieder entwischt?«

Hanna nickte eifrig. »Papa da!« Sie deutete mit einem nicht ganz sauberen Zeigefinger nach unten. »Arbeit!« Für ein so kleines Kind hatte sie die wichtigen Worte schon gelernt. Ihr war ziemlich klar, dass einer von uns immer arbeitete … Aber Hanna hielt sich nicht lange mit Überlegungen über ihren Vater auf. Stattdessen wurde ihr Ton fordernder, als sie auf meinen Computer deutete. »Mia!« Vor ein paar Wochen hatte ich ihr aus einer Laune heraus gezeigt, dass man auf YouTube prima Katzen anschauen konnte, die lustige Spielchen machen. Mit der Pfote nach dem Drucker schlagen, nach sich selbst im Spiegel hauen. Die gemächliche alte Holly konnte da nicht mithalten. Hanna liebte diese Videos und wollte sie sehen, wann immer sie einen Computer entdeckte. Keine Ahnung, ob ich hier pädagogisch der totale Versager war – aber ich brachte es einfach nicht übers Herz, ihr das Ansehen der »Mias« zu verweigern. Vor allem sah man Olivers Grübchen so wunderbar deutlich, wenn sie sich über das Ungeschick der Katzen vor Lachen fast ausschüttete. Ich drückte auf den Play-Knopf. Bei der Wohnungssuche würde ich heute sowieso kein Glück mehr haben. Wahrscheinlich nie, wenn ich einmal einen Moment lang ehrlich mit mir selbst war. Was ich suchte, war genau dieses Haus in München – und das war unmöglich.

In diesem Augenblick tauchte Oliver in der Tür meines Arbeitszimmers auf. Er sah schweigend zu, wie ich mit Hanna auf dem Schoß blödsinnige kleine Katzenclips ansah. »Ihr seid wunderschön!«, lächelte er dann. Hannas Shirt hatte an diesem Tag schon ein paar Begegnungen mit dem Breilöffel hinter sich, meine ungebügelte Bluse hatte den Rest dieser kleinen Zweikämpfe mit dem Kragen aufgefangen. Meine Haare hatte ich am Morgen entnervt aufgesteckt, dazu hingen mir ein paar Strähnen ins Gesicht. Nicht Hollywood-verstrubbelt, sondern eher Dürkheim-ungekämmt. Wenn Oliver von unserer Schönheit sprach, dann musste er damit innere Werte meinen. Die äußeren waren nicht einmal gewaschen …

»Bist du für heute mit der Arbeit fertig?«, fragte er vorsichtig nach. Kein Wunder. Ich war vor etwa drei Stunden die Treppe nach oben in mein Zimmer gestapft und hatte ihm zugerufen, dass ich jetzt auch einmal ungestört sein müsste – immerhin hatte er den kompletten Vormittag an seinem Roman geschrieben. Seitdem hatte ich aus dem unteren Stockwerk nichts gehört.

Ich nickte und schob meinen Sessel etwas nach hinten. »Ja.« Die Neugier siegte. »Was habt ihr beide denn gemacht?«

»Wir waren auf dem Spielplatz. Dabei habe ich gesehen, dass heute Weinfest im Finkenpfad ist. Sollen wir da nicht hingehen? Ich finde, das haben wir uns verdient, bevor du wieder verschwindest!«

Mir war zwar nicht ganz klar, womit wir uns das verdient haben sollten, aber zu einem Weinfest konnte man mich immer überreden. Entschlossen packte ich Hanna, die immer noch gebannt dem Katzentreiben auf dem Bildschirm zusah. Sie protestierte. »Nein!« Als ich sie ignorierte, wurde der Ton jämmerlicher. »Neieieieieiein!« Der Klang eines Kindes, dem man die einzige Freude auf dieser Welt nimmt. Ahnungslose Passanten riefen sicher gleich den Kinderschutzbund. Eltern, die uns auf der Straße hörten, lächelten – weil es dieses Mal nicht ihr eigenes Kind war, das peinlich laut nach Gerechtigkeit schrie. Ich hatte inzwischen etwas gelernt: das Geschrei einfach ignorieren und das strampelnde Kind in Richtung von Schuhen und Jacke tragen. Ich setzte Hanna einen Moment ab, um mir selber Sandalen überzustreifen. Sie nutzte den Moment, um ihren Kopf mit Wucht auf das Parkett zu schlagen – und noch lauter aufzuheulen, weil es wehtat. Es sind diese Momente, an denen es mir schwerfällt, meine Tochter für das niedlichste Geschöpf der Welt zu halten. Innerlich ermahnte ich mich, jetzt unbedingt geduldig zu bleiben. Ohne auf ihren Protest einzugehen, zog ich sie an, nahm sie auf den Arm und trug sie zu ihrem Buggy. Das sich sträubende Kind mit den Schultergurten festschnallen und mit forschem Schritt in Richtung Weinfest loslaufen, war eins. Hannas Geschrei verebbte. Oliver übernahm den Buggy, und einen Augenblick liefen wir schweigend nebeneinander her. Die letzten Schluchzer unserer Tochter waren das Einzige, was man noch hören konnte. Meine Vorfreude auf das Weinfest hatte einen winzigen Dämpfer bekommen.

Minuten später saß ich in der warmen Abendsonne und nahm den ersten Schluck aus meiner eiskalten Rieslingschorle. Oliver war unterwegs, um uns noch einen Flammkuchen zu besorgen – dann würde mein Glück wieder perfekt sein. Hanna strahlte schon längst mit einem verschmierten Gesicht, in der Hand eine Woiknorze. Nichts war ihr lieber als diese trockenen Roggenbrötchen, die es zum Glück überall zu kaufen gab.

Zwei ältere Damen lächelten mir aufmunternd zu. Sah ich wirklich so müde aus, dass wildfremde Menschen sich verpflichtet fühlten, mir Trost zu spenden? Ich lächelte dankbar zurück – und schon standen die beiden an meinem Tisch. »Noch ein Platz frei?«

Ich machte eine einladende Bewegung. »Sicher! Ich warte nur noch auf meinen Mann.«

Ein Satz, der mir immer noch ein bisschen ungelenk von der Zunge kam. Mit Hannas Geburtstag in wenigen Wochen würden wir auch unseren Hochzeitstag feiern. Aber ich fühlte mich nicht verheiratet … oder konnte es immer noch nicht glauben, dass Oliver und Hanna ausgerechnet mir passiert waren. Die beiden weißhaarigen Damen lächelten jetzt Hanna zu. Für einen Moment vergaß sie ihre Beschäftigung mit der Woiknorze und strahlte die beiden an. Schon lange nicht mehr mit einem zahnlosen Kiefer. Im Gegenteil: Sie entblößte ein fast komplettes Gebiss. »Wie alt ist er denn?«, wollte eine der beiden wissen.

»Bald ein Jahr«, gab ich routiniert Auskunft. »Und er ist eine Sie.« Am Anfang hat mich die ständige Unterstellung, Hanna sei ein Junge, genervt. Welche Jungs-Mutter wäre so wahnsinnig, ihrem Kind eine rosa Jacke anzuziehen? Schließlich will man ja nicht mit Gewalt einen schwulen Balletttänzer an seinem Küchentisch großziehen. Wobei ich wohlgemerkt nichts gegen Balletttänzer habe. Oder gegen Schwule. Ich will nur nach Möglichkeit keinen zum Sohn haben.

Zurück zu dem Abend beim Weinfest. Meine beiden Tischgenossinnen nahmen Alter und Geschlecht zur Kenntnis und beäugten meine Tochter weiter neugierig. »Schläft sie denn schon durch?«, wollten sie jetzt wissen.

Ich hatte es geahnt. Ich hätte meine Augenringe

sorgfältiger überschminken sollen. So blieb mir nur ein Schulterzucken. »Leider nicht. Sie ist ja noch so klein, da hat sie jede Nacht Hunger …«

Ein abschätzender Blick auf Hannas Taille. »So dünn ist sie aber nun auch wieder nicht. Das muss doch gehen!«, erklärte die Ältere der beiden, die ihr schlohweißes Haar mit einem zarten lila Stich trug.

»Klar geht das«, versuchte ich eine möglichst ruhige Antwort. »Aber dann schreit sie die ganze Nacht und ist am nächsten Tag unausstehlich. Wenn ich ihr etwas gebe, dann ist sie nach fünf Minuten still, gibt mir die Flasche zurück und schläft wieder ein. Ich kann wieder zurück in mein Bett, und am nächsten Morgen muss ich mich nicht mit einem Kind herumquälen, das völlig übermüdet ist und die Welt nicht mehr versteht, weil es in der Nacht Hunger leiden soll …«

»Ihr jungen Mütter seid einfach viel zu weichherzig«, erklärte die Lilahaarige. »Meine Kinder haben alle mit vier Monaten durchgeschlafen, das hat doch nur mit Konsequenz zu tun.«

Ich spürte, wie mir Krallen wuchsen. So wie bei dem Werwolf im Film, während der Mond allmählich hinter den Wolken hervorkommt.

Zum Glück kam in diesem Augenblick Oliver wieder, platzierte den Flammkuchen zwischen uns und riss ein Stückchen von dem knusprigen Rand ab, um ihn Hanna in die Hand zu drücken. Die Dame musterte ihn, zögerte einen winzigen Moment und legte dann ihre Hand auf seine. Ziemlich

vertrauensselig, aber nach einer großzügig einge-
schenkten Schorle konnte das schon mal passieren.

»Sie müssen Ihre Frau mehr unterstützen, damit
sie nicht mehr jede Nacht aufstehen muss. Lassen Sie
die Kleine doch einfach mal schreien, dann hört das
schnell auf. Und Ihre Frau sieht dann auch nicht
mehr so müde aus.« Danke. Eine Frau, die meinen
zum Glück liebesblinden Mann auf mein Aussehen
hinweist.

Oliver zog eine Augenbraue nach oben. Eine
Bewegung, die er übrigens perfekt an seine Tochter
vererbt hat. »Erstens ist es keinesfalls so, dass nur
meine Frau nachts aufsteht. Wir wechseln uns ab.
Jede Nacht. Was Sie also charmanterweise für
meine männliche Aura halten, sind in Wirklichkeit
Augenringe und ein Dreitagebart. Und wir haben
beschlossen, dass wir Hanna nachts nicht brüllen
lassen.« Er lächelte, und bei ihm sah das sogar echt
aus. »Aber trotzdem danke für diesen Tipp.« Er
nahm unsere Schorle und trank einige große Schlu-
cke.

Erziehungstipps, noch dazu ungefragte, waren für
uns beide ein rotes Tuch. Wenn jemand ein Kleinkind aufziehen wollte, dann sollte er oder sie doch
einfach eines bekommen. Oder sich bei den Kindern ein Enkelkind ausleihen – und ansonsten die
ganzen anderen Mütter und Väter in Ruhe lassen …

Oliver und ich warfen uns ein verschwörerisches
Grinsen zu. Wir wussten einfach zu genau, was der
andere in diesem Augenblick dachte. »Was macht
denn unsere Wohnungssuche?«, wechselte Oliver

das Thema. »Muss ich schon anfangen, mir Weinvorräte für meinen Umzug nach Bayern zu kaufen?«

»Wahrscheinlich kannst du dir das für immer sparen«, gab ich widerstrebend zu. »Ich finde einfach nichts, was uns beiden gefallen würde und wir uns auch leisten können. Und wo nicht nur wir, sondern auch Hanna willkommen ist.«

Mit einem Schlag wurde sein Gesicht ernst. »Was bedeutet das? Dass ihr mich verlasst?«

Ich schüttelte sofort den Kopf. »Keine Sorge, so leicht wirst du uns nicht los. Aber ich denke, ich werde künftig einmal im Monat für ein paar Tage nach München fahren. Auf Dauer kann ich Nicki nicht immer mit dem Versprechen eines baldigen Umzugs hinhalten. Wenn ich wieder mitmischen will, dann muss ich da hin.«

Mit nicht wenig Verzweiflung im Blick sah Oliver mich an. »Aber … wie soll ich das hinkriegen? Ein Buch schreiben und einmal im Monat eine Woche alleine mit Hanna sein? Wenn sie wach ist, dann kann man doch keinen klaren Gedanken fassen. Geschweige denn einen geraden Satz schreiben!«

Ich nickte befriedigt. Schön, dass er das inzwischen auch so sah. Noch vor zehn Monaten hielt er es für eine wunderbare Vorstellung, sich gleichzeitig um Hanna zu kümmern und zu arbeiten. Eine idiotische Idee, das hatten wir inzwischen beide gelernt. Zum Glück hatte ich eine Lösung für uns alle ausgebrütet, die ich jetzt mit einem stolzen Lächeln verkünden konnte.

»Nein, das verlange ich auch gar nicht. Ich habe

mit meiner Mutter gesprochen. Sie wird sich um Hanna kümmern, wenn ich in München bin. Bis sie zwei wird und in den Kindergarten geht. Dann kannst du dich kümmern, du hast dann ja jeden Tag etwa acht Stunden zum Arbeiten.« Ich sah ihn zufrieden mit mir selbst an. »Was hältst du davon?«

»Du gehst weg? Und nimmst Hanna mit?« Die Panik in seinen Augen war unverkennbar.

»Und ich komme immer wieder. Die Lösung mit der Wohnung klappt nicht so schnell, wie ich mir das gewünscht habe – also brauchen wir einen Plan B. Meine Mutter.«

Oliver sah nachdenklich auf seine Hände. Seine Eltern waren früh gestorben – der Grund, warum wir in dem schönen Altbau wohnen konnten, er hatte den Palast früh geerbt. Mangels Masse kamen seine Verwandten als Babysitter nicht in Frage: Er hatte keine.

Langsam nickte er. »Wir können das ja versuchen …« Wehmütig sah er in den Buggy, in dem Hanna längst selig schlief, die angekaute Woiknorze in der verschmierten Hand noch fest umklammert.

»Bei Ihrer Mutter lernt der Kleine bestimmt auch schnell durchschlafen!«, mischte sich die Lilagefärbte ein. Offensichtlich hatte sie unserer Unterhaltung interessiert zugehört.

Oliver stand seufzend auf. »Das fürchte ich auch.«

Damit griff er nach dem Buggy und schob sein Töchterchen wieder nach Hause. Ich folgte den beiden. Irgendwie hatte ich mit mehr Begeisterung für meinen Plan gerechnet. Immerhin war ich diejenige,

die künftig einmal im Monat mit Windeln im Gepäck auf die Autobahn musste. Und regelmäßig bei
meinen Eltern wohnen – das hatte ich das letzte Mal
mit mäßigem Erfolg vor etwa zwanzig Jahren pro-
biert.

Ich-Barometer

Positiv:
Ich komme wieder regelmäßig nach Mün-
chen ...
Negativ:
... und noch viel regelmäßiger sitze ich in
Dürkheim!

2

Baby an Bord!

Ein letztes Mal kontrollierte ich das Auto. Eine Tasche für mich und eine für Hanna im Kofferraum. Der Korb mit den Keksen, dem Tee in der Nuckelflasche, den Apfelschnitzen und den Papp-Bilderbüchern. Hannas neuer Kindersitz, fest montiert. Den hatte ich erst gestern erstanden. Sie war inzwischen eindeutig zu groß für die Babyschale, in der ich sie seit ihrer Geburt ins Auto schnallte. Noch dazu war sie immer häufiger in Tränen ausgebrochen, wenn sie auch nur auf die Rückbank gestellt wurde. Kein Wunder – ich erwartete von ihr, völlig bewegungslos und ausdauernd ausschließlich ihre Zehen und die Sitzlehnen zu betrachten. Dieses Programm würde sogar einen sehr entspannten Erwachsenen zum Heulen bringen.

Wir waren wieder in den Babymarkt gegangen, der uns einst den sündhaft teuren Kinderwagen mit allen technischen Schikanen verkauft hatte. Auch dieses Mal waren wir nicht direkt bei einem Sparmodell gelandet. Nachdem wir ein Weilchen rosa und pinke Sitze betrachtet hatten, die alle recht ähnlich aussahen und mit ihrem Aufprallschutz von allen Seiten warben, entdeckte ich ein schlichtes schwarzes Modell. Von schlauen Verkaufsstrategen schon auf einen ausgebauten Autositz montiert und mit einem großen Schild versehen: Neuheit! Drehbarer Sitz! Neugierig sah ich mir das Ding an. Die Neuerung war genial für nicht mehr ganz junge Eltern, wie wir es waren: Man konnte den Sitz um neunzig Grad drehen, um das Kind ohne rückenverdrehende Akrobatik hineinzuheben. Ich drehte den Sitz probeweise einige Male hin und her und strahlte Oliver an. »Könntest du deine Bestseller dafür einsetzen, uns dieses Luxusgerät zu kaufen?« Er lächelte nur – er kannte meinen Blick, wenn ich etwas unbedingt haben wollte. Und dieses Ding war einfach zu praktisch … und zudem nicht pinkknallrosa mit einem Prinzessinnen-Emblem. (Irgendwie hatte ich die dümmlich lächelnden Prinzessinnen schon jetzt satt. Bei Hannas fünftem Geburtstag würde ich wahrscheinlich Würgereize beim Anblick von Rosa bekommen und Unterschriftenlisten für die Verbannung von Lillifee auf einen fernen Kontinent auslegen …) Im Moment jedenfalls wollte ich diese Neuheit unbedingt im Auto haben.

An Hannas funkelnagelneuem Kindersitz hing der Schnuller mit der Kette. Die Sonnenblende am Fenster war neutral in Schwarz gehalten, ganz ohne Winnie Pooh – sonst hätte ich das Ding nicht ertragen. Schon so war das eher schwierig. In der Hofeinfahrt stand mein TT Roadster, den ich stolz in die Ehe eingebracht und seitdem gegen die ständigen Verkaufsvorschläge meines Mannes verteidigt hatte. Dieses blaue Spaßgefährt würde Oliver in den nächsten Tagen fahren dürfen.

Sein Beitrag zu unserem Fuhrpark war ein steinalter, weißer Passat. Scheußlich, geräumig und offensichtlich unzerstörbar. Und zu meiner Überraschung hing Oliver an dem Ding mit der gleichen Beharrlichkeit, mit der ich meinen TT verteidigte. Für meine Fahrt nach München hätte der kleine Kofferraum meines schicken Sportautos allerdings nicht gereicht. Und deswegen war ich in den nächsten Tagen auf die Gnade dieser betagten Familienkutsche angewiesen.

Mit einem resignierten Seufzer drehte ich mich zu Hanna um, die friedlich neben dem Auto stand und meinen Vorbereitungen zugesehen hatte. Ich hob sie in ihren Sitz, schnallte sie fest, gab ihr noch einen Kuss und erklärte ihr, dass sie jetzt am besten einschlafen sollte – und setzte mich dann hinter das Steuer. Noch ein letzter Kuss für meinen Mann, eine liebevolle Umarmung, die viel zu kurz ausfiel, und schon ging es los Richtung München. Ich hielt mich für die Meisterin der Planung: Es war früher Abend, Hanna war gefüttert und frisch gewindelt. Mit ein bisschen Glück würde sie jetzt einfach einschlafen und erst in München ein Weilchen ihre Großeltern anquäken, bevor sie den Rest der Nacht in ihrem Bettchen weiterschlief.

Soweit das mit dem alten Auto möglich war, fuhr ich schwungvoll auf die Autobahn und schielte möglichst unauffällig nach hinten. Hanna schlief. Ihre langen Wimpern warfen im Abendlicht Schatten auf ihre runden Bäckchen, ihr feuchter Mund stand leicht offen, während sie tief atmete. Ein Bild zum Küssen. Sehr zufrieden konzentrierte ich mich wieder auf die Autobahn. Schaltete irgendeinen Radiosender an, der leise Musik auf uns herunterdudelte und in dem zwischendurch die zwanghaft gute Laune verbreitenden Moderatoren Witze von unterschiedlicher Qualität machten. Wunderbar.

Kurz vor Karlsruhe quäkte es leise von der Rückbank. Mit einer schnellen Bewegung drehte ich das Radio leiser. Die Kleine wachte doch nicht etwa auf? Das Quäken wurde zu einem energischem Schrei.

»Shhh ... Mama ist doch da!«, flötete ich mit meinem beruhigendsten Ton. Das war jedoch offensichtlich nichts, was bei Hanna irgendeine Art von Effekt auslöste. Hektisch öffnete ich die Keksdose, die ich für solche Notfälle auf meinem Beifahrersitz platziert hatte. Leider war die Dose nicht für die einhändige Bedienung von Auto fahrenden Müttern gebaut worden. Ich zerrte an der Plastiklasche, die schließlich mit einem leisen Knacken aufgab. Die Dose entleerte sich in den Fußraum des Beifahrersitzes. Während ich einhändig weiter über die Autobahn steuerte, angelte ich mit der anderen Hand panisch nach einem Keks. Mit Erfolg. Ein Butterkeks wanderte nach hinten. Eine Sekunde lang wurde ich mit Schweigen belohnt. Dann ertönte Hannas Stimmer so durchdringend wie eine Sirene. »Nein Ente! Fant!«

Die Butterkekse waren alle in der Form von irgendwelchen Tieren. Hanna hatte sich in den letzten Wochen einen Spaß daraus gemacht, sich manche Tiere bevorzugt auszusuchen und andere zu verschmähen – obwohl die Dinger alle garantiert aus dem gleichen Teig bestanden. Ich schielte wieder nach unten. Lag da irgendwo ein Elefant? Waghalsig fingerte ich wieder zwischen den Keksen herum und reichte Hanna ihren »Fant«. Hungriges Kauen war meine Belohnung. Leider waren die Kekse klein. Das Geschrei setzte nach einer knappen Minute wieder ein. Diesmal griff ich wahllos eine Handvoll Kekse und warf sie nach hinten in Richtung Hanna. Während ich versuchte, nicht aus Versehen in Richtung Schwarzwald abzubiegen, spielte Hanna begeistert mit ihren Reichtümern. Zumindest klang es so. Von der Rückbank flötete es begeistert: »Tier! Ander Tier! Wauwau! Mia!«

Als ich auf der richtigen Autobahn gelandet war, wagte ich wieder einen Blick nach hinten. Ein keksverschmiertes Krümelmonster lächelte mich an. Um nur den Bruchteil einer Sekunde später ihr Gesicht zu verziehen und verzweifelt loszuheulen – und das, obwohl noch jede Menge Keksfragmente auf ihrem Schoß lagen. Ich versuchte es mit dem Tee. Den Bilderbüchern. Dem Schnuller. In meiner Verzweiflung stimmte ich ein Lied an. Eins aus dem Babyschwimmen, das sie seit dieser Zeit liebte. »Hm, hm, macht der grüne Frosch im Teich …« Hanna quiekte vor Freude und klatschte begeistert in die Hände. Während die Tränen noch in ihren Augen standen, freute sie sich über ihr liebstes Lied. Zum Glück war ich nach den Wochen im Babyschwimmen absolut textfest. Und das über vier oder fünf Strophen hinweg. »… die kleinen Fische machen Schubidubidu … die kleinen Krebse machen schnippeschnippeschnapp … die kleinen Quallen machen schlabberlabberlapp …« Dann endete das Lied. Hanna heulte. Ich fing wieder an zu singen. Bei Stuttgart wurde ich heiser. Kurz vor Ulm versuchte ich, etwas leiser zu singen. Keine Chance. Hanna schimpfte über jeden noch so kleinen Versuch, das Unterhaltungsprogramm zu verändern.

Zu allem Überfluss wehte auch noch eine kleine, übelriechende Wolke von hinten an mich heran. Klarer Fall: Mein Kind wollte nicht nur meinen Gesang, sondern auch eine neue Windel. Die nächste Autobahnraststätte war mein. Mit der Routine von elf Monaten mit Windeln tragendem Kind packte ich Hanna und die Wickeltasche, die im Kofferraum zwischen den Reisetaschen lag. Und startete Richtung Toiletten. Hier empfing mich ein Drehkreuz, das sich nur drehte, wenn man genug Geld einwarf. Und ein kleines, handgeschriebenes Schild: »Schlüssel zum Wickelraum an der Kasse abholen!«

Gerne. Welche Kasse? Zögernd ging ich mit Hanna im Arm die Treppe wieder nach oben. An den Kassen des Selbstbedienungsrestaurants waren die Schlangen endlos. Bei den Zeitschriften, Keksen und Plüschtieren sah es besser aus. Während ich mich durch die Gänge schob, grabschte Hanna mit ihren schnellen Fingern nach einem pinken Frosch mit gelber Kappe, der für 1,99 Euro im Sonderangebotskorb lag. Die Glasaugen schielten mich bedrohlich an, während ich mich an der Kasse nach vorne schob und mit drängender Miene den Mann ansah: »Der Schlüssel für den Wickelraum?« Er nickte, griff unter die Theke nach einer Keule in der Größe eines Baseballschlägers, an deren Ende ein kleiner Schlüssel hing. Er reichte mir das Ding, ohne es loszulassen. »Pfand?«

Ich war verwirrt. »Was wollen Sie?«

»Einen Pfand. Personalausweis. Zwanzig Euro. Führerschein. Sonst sehe ich das Ding nie mehr wieder.«

Sicher. Ich wollte schon immer einen Baseballschläger in einer Autobahnraststätte klauen. Mit einem Seufzer nestelte ich meinen Führerschein aus der Brieftasche. Einhändig, denn im anderen Arm hatte ich ja immer noch Hanna. Der Schlüsselwächter nahm den Führerschein und ließ den Baseballschläger immer noch nicht los. »Und zwei Euro!«

»Für die Nutzung ihres Wickelraumes?« Langsam wurde ich wütend. Er nickte in Richtung von Hanna. Mein Blick folgte seinem – und ich sah, dass Hanna gedankenverloren an der gelben Kappe des Frosches kaute. Mit einem Seufzer zahlte ich die wunderschöne Ergänzung ihrer Plüschtiersammlung, hoffte darauf, dass die Schadstoffe, aus denen dieses Ding gemacht war, nicht allzu schlimm waren, und verschwand endlich in Richtung des Wickelraumes. Vor der Tür stand bereits eine Mutter und rüttelte verzweifelt an der Klinke. Sie hatte Zwillinge. Ohne weitere Erklärung reichte ich ihr den Schlüssel.

Wer sein Leben mit zwei Babys bewältigen musste,

hatte jede Unterstützung verdient, die man geben konnte. Sie nickte nur und verschwand. Wahrscheinlich war man mit Zwillingen sogar zu müde für ein wenig Dankbarkeit. Oder sie ahnte nicht, dass ich für diesen Schlüssel mit meiner Fahrerlaubnis und dem Erwerb eines pinken Frosches bezahlt hatte.

Etliche Minuten später wollte ich Hanna wieder zurück zu unserem Auto bringen. Der Führerschein war wieder in meiner Tasche, der Baseballschläger lag wieder an der Kasse. München war nur noch eine knappe Stunde entfernt. In dieser Sekunde sah Hanna die Kuchentheke. Ihr Zeigefinger deutete auf die zuckrig glänzenden Leckereien. »Hanna Kuchen!« Überrascht sah ich sie an. Bis zu diesem Augenblick hatte ich nicht einmal geahnt, dass sie dieses Wort kannte. Hanna war meine Überraschung ob ihres Wortschatzes egal. Sie wiederholte nachdrücklich: »Kuchen!«

Also zurück in die Gaststätte, einen Kindersitz heranzerren, einen Pflaumenkuchen mit Streusel aussuchen und endlich auf den Stuhl sinken. Ein Blick auf die Uhr machte mir klar, dass ich um diese Zeit schon lange mit meinen Eltern bei einem Glas Wein zusammensitzen wollte. Stattdessen also Pflaumenstreusel. Hanna gabelte den ersten Bissen auf den Boden, lehnte meine Hilfe mit einem kategorischen »leine!« ab und schaffte es dann immerhin, den größten Teil des Kuchens in ihren Mund zu schieben. Ich ignorierte die etwas pikierten Blicke von ein paar älteren Herrschaften am Ende des Tisches. Die hatten einfach keine Ahnung, wie laut

Hanna meine Hilfe ablehnen konnte – und außerdem: Sie hatten wahrscheinlich auch erst lernen müssen, wie man mit Löffel und Gabel ordentlich isst! Und womöglich würden sie in wenigen Jahren die Fertigkeit wieder verlernen und waren auf einen Pfleger angewiesen.

Eine halbe Stunde später versuchten wir einen Aufbruch in Richtung Auto. Mit Erfolg. Insgesamt hatte der kurze Windelstopp eine komplette Stunde verschlungen. Widerwillig ließ Hanna sich wieder in den Kindersitz schnallen. Nur den pinken Frosch wollte sie keine Sekunde aus der Hand geben. Damals ahnte ich nicht, dass diese Kröte mit ihren schielenden Augen unsere nächsten Jahre begleiten – und für mehr als ein Drama sorgen sollte. Hätte ich das gewusst, wäre ich auf dem Absatz umgedreht und hätte mir noch zwei oder drei Frösche gekauft. Als Reserve. Es hätte mir Stunden und Stunden der Suche nach Quaki erspart …

In diesem Augenblick umklammerte ihn Hanna nur heftig, steckte sich mit der anderen Hand ihren Schnuller in den Mund und wirkte fast so friedlich, wie ich es mir seit drei Stunden erträumte. Dieses Mal hielt der Frieden etwa fünfzehn Minuten. Dann durfte ich wieder singen. Und ihre Hand halten. Am Randstreifen anhalten und nach dem Schnuller suchen, der mitsamt seiner Schnullerkette quer durch den Innenraum des Passats geflogen war. Ab Augsburg wähnte ich mich auf der Zielgeraden und stimmte begeistert »Hallelujah!« an. Eines meiner Lieblingslieder für melancholisch-schöne Momente.

Natürlich in der Version von Leonard Cohen. Hanna war spontan still, kaute für einen Augenblick auf ihrem Schnuller und schloss die Augen. Zwanzig Minuten vor unserem Ziel fiel sie endlich in den Tiefschlaf, den ich seit meiner Abfahrt für sie geplant hatte.

Als ich in dem kleinen Vorort von München vor dem Haus meiner Eltern den Zündschlüssel umdrehte, stürzte meine Mutter aus dem Haus. Ich stieg aus und fühlte mich wie ein Gladiator nach einer gewonnenen Schlacht. Und war mir sehr sicher, dass ich mir jetzt ein großes Weißbier verdient hatte. Oder zwei.

Meine Mutter bemerkte mein triumphierendes Gesicht nicht. Sie sah mit verzücktem Gesicht das friedlich schlafende Baby auf meiner Rückbank an. »Das war ja bestimmt schön für dich, wenn sie so friedlich schläft, während du fährst?«

Was sollte ich sagen? Sie sollte die nächsten Tage auf Hanna aufpassen, da konnte ich meine Tochter wohl schwer als die Terrorzicke darstellen, die sie in den letzten Stunden gewesen war. Ich nickte. Und murmelte nur etwas wie: »Hat nicht von Anfang an so lieb geschlafen.«

Vorsichtig trug ich meine Tochter in mein altes Kinderzimmer, in dem meine Mutter schon ein Gitterbett − mein altes! − aufgebaut hatte. Hanna hing in meinen Armen wie eine Puppe, ließ sich umziehen, wehrte sich nicht dagegen, dass ich ihr Kekskrümel aus allen Hautfalten wischte und heulte erst auf, als ich sie in ihren Schlafsack legte. »Quak! Quak!«

Es dauerte ein Weilchen, bis mir dämmerte, dass sie unbedingt ihren Frosch haben wollte. Ich drückte ihr das Ding in die Hand, sie presste den pinken Bauch gegen ihre Wange und schlummerte wieder ein.

Wir waren wieder in München. Als ich mich wenig später mit dem Weißbier in der Hand auf die Terrasse zu meinen Eltern gesellte, war ich mir allerdings nicht ganz sicher, ob ich wirklich jeden Monat so eine Höllenfahrt unternehmen wollte. Und vor der Rückfahrt am Ende der Woche graute mir fast ein bisschen ... gleichzeitig überlegte ich mir, ob man das Fahren mit kleinen Kindern nicht ebenso unter Strafe setzen sollte wie das Telefonieren mit dem Handy am Steuer – oder das Fahren im Suff. Irgendwie war ich mir ziemlich sicher, dass ich nach zwei Weißbier bei einem Handy-Dauertelefonat sehr viel sicherer fahren würde als beim Autofahren mit Hanna. Singend nach Keksen suchend – das muss einfach verboten werden! Oder wenigstens gehörte ein Warnhinweis aufs Auto: »Achtung! Baby an Bord, Fahrerin nur zeitweise zurechnungsfähig!«

Oder hatte ich das bisher falsch verstanden – und das war der Sinn der Aufkleber auf vielen Familienkutschen, die stolz den Namen der Kinder von »Tabea-Lilli« bis »Fynn-Leander« verkündeten?

Ich-Barometer

Positiv:

Da bin ich!

Negativ:

Fix und fertig mit den Nerven ...

3

Working Girl

»Wir kriegen das hin, geh nur!«

Meine Mutter lächelte mir beruhigend zu, während ich mich viel zu langsam durch die Tür schob. Da hatte ich ein Jahr lang diesen Moment ersehnt, davon geträumt, wie ich wieder ins Büro gehen – und damit endlich wieder in der Welt der Erwachsenen ankommen würde. Nach einem Jahr mit Home Office und dem Kampf um ein paar ruhige Minuten, in denen ich nicht ständig von Hanna gestört wurde, war mir das Büro wie der Hort der Glückseligen erschienen. Und jetzt trennte ich mich nur widerstrebend von meinem Kind, das konzentriert mit einem blauen Buntstift Striche und Punkte auf einen Block malte. Noch einen letzten Kuss auf die dünnen blonden Haare, und dann drehte ich mich entschlossen um. Auf dem Weg zurück in mein altes Leben.

Zu diesem Anlass hatte ich meine Füße wieder in High Heels gezwängt und mich gefragt, ob diese Dinger schon immer so eng und ungemütlich gewesen waren. Dazu das schicke Kleid aus dem Ausverkauf einer kleinen Boutique in Bad Dürkheim und Make-up: Mit ein paar winzigen Abstrichen sah ich wieder aus wie früher. Ich fühlte mich nur nicht mehr so wohl in dieser Arbeitsrüstung – aber das war wohl nur eine Sache der Gewöhnung. Hoffte ich.

Als ich mein altes Büro betrat, war Nicki noch nicht da. Warum sollte sie ihre Gewohnheiten ändern, bloß weil ich ein Jahr nicht da gewesen war? Ich kannte Nicki schon seit meiner Zeit als Berufsanfängerin. Gemeinsam hatten wir über unmögliche Chefs und idiotische Aufträge geschimpft. Irgendwann hatten wir beschlossen, zusammen eine Marketingagentur zu gründen. Viel Arbeit und noch mehr Spaß – das war unser erklärtes Ziel. Hatte auch funktioniert, nur dann war ich plötzlich verliebt und schwanger. Nicki blieb zurück mit viel Verantwortung und noch viel mehr Terminen. Ich hatte so gut wie möglich von meinem Home Office aus geholfen. Gesehen hatten wir uns aber tatsächlich das letzte Mal, als ich heiratete, am gleichen Tag noch Hanna zur Welt brachte – und damit in mein neues Leben als verheiratete Frau und Mutter gestartet war. Ich hatte ihr nicht einmal Hanna vorgestellt – irgendwie stand ich Müttern, die mit ihren sabbernden Ablegern in ihren alten Büros auftauchen, immer zwiegespalten gegenüber. Durch ihren Auftritt wurde jeder gezwungen, zu gratulieren oder sich ein »Oh, wie niedlich!« abzuringen. Als ob ein Kind eine besondere Leistung sei.

Heute sehe ich das anders: Ein gesundes, ausgeschlafenes, sauberes Kind ist in der Tat eine besondere Leistung, die noch dazu überaus vergänglich ist. Aber das werden Nicht-Mütter nie verstehen können!

Zurück zu meinem leeren Büro: Nicki lebte immer noch das Leben eines feiersüchtigen Singles. Sie war vor zehn Uhr nicht an ihrem Arbeitsplatz zu erwarten. Ich dagegen ... meine Nacht war um sechs Uhr zu Ende gewesen. Um diese Uhrzeit hatte Hanna beschlossen, dass sie genug geschlafen hatte – und wie an jedem Morgen seit ihrer Geburt war sie an meiner Meinung dazu nicht interessiert.

Mein Schreibtisch bog sich unter Paketen, Prospekten und Zeitschriften. Ob die wirklich alle für mich waren – oder ob mein Schreibtisch im Lauf der letzten Monate einfach nur allmählich zur bequemen Ablage geworden war, konnte ich so schnell nicht abschätzen.

Mit einem Seufzer ließ ich mich auf meinen Sessel fallen. Noch bevor ich anfangen konnte, den gewaltigen Stapel durchzusehen, klingelte das Telefon. »Alex Wolf, die Marketingagentur, was kann ich für Sie tun?«, spulte ich gewohnheitsmäßig runter. Um mich sofort zu korrigieren. »Ich meine ... Alex Walter.« Ein Kichern klang mir aus dem Hörer entgegen.

»Hier ist deine Mutter. Ich wollte dir nur sagen, dass es Hanna großartig geht. Sie jagt im Garten die Schmetterlinge und köpft meine Blumen, aber sie scheint dich nicht zu vermissen.« Sie lachte weiter. »Und du musst dir nur noch überlegen, wie du dich künftig nennen willst. Nur für den Fall, dass das nächste Mal ein Kunde dran ist.«

Damit legte sie wieder auf, immer noch lachend. Okay, sie hatte ja recht. Walter. Mein Name war jetzt

Alex Walter. Ob ich den Mann, der mir diesen Namen verpasst hatte, wohl einmal anrufen sollte?

Das erschien mir eine gute Idee. Einen Augenblick später machte mein Herz einen kleinen Sprung, als ich seine gut gelaunte Stimme hörte. »Wie geht es dir, Schatz?«, wollte er wissen. »Und was macht unsere Hanna?«

Ich erzählte ihm von meinen ersten Minuten im Büro, von Hannas Schmetterlingsjagd – und brach erschrocken ab, als ich plötzlich hörte, wie sich der Schlüssel in der Tür drehte. Vielleicht war es nicht so schrecklich geschickt, wenn Nicki mich als Erstes am Telefon mit meinem Mann erwischte? »Jetzt kommt Nicki, ich melde mich wieder!«, flüsterte ich rasch, legte auf, nahm den ersten Brief vom Stapel auf meinem Schreibtisch und bemühte mich um ein professionelles Gesicht.

Nickis Auftritt hatte sich im letzten Jahr nicht verändert. Immer noch klirrende Armreifen, hohe Absätze, eine unglaubliche Lockenmähne und eine gewaltige Handtasche, in der sie ganz sicher sämtliche Cosmopolitan-Ausgaben des letzten Jahres und die Beautycases der angesagtesten Kosmetiklabels mit sich führte. Sie hob triumphierend ein Tablett mit zwei Kaffeebechern hoch. »Zwei Cappuccini mit einem Extra Shot to Go!«, erklärte sie in einem Ton, in dem sonst der Sieg über eine feindliche Fußballmannschaft verkündet wird. Sie stellte alles auf den Tisch und fiel mir um den Hals. »Schön, dass du wieder da bist!«

In den nächsten Minuten prasselte ein Update

zur gesamten Marketingbranche in München auf mich ein. Wer mit wem, welcher Etat und welche Idee von wem gestohlen oder übernommen worden waren. Nach elf Monaten im Windel-Nirwana schwirrte mir der Kopf. Am Ende ihrer langen Rede lehnte Nicki sich entspannt zurück und musterte mich von oben bis unten. »Und? Wie geht es dir so nach deinem langen Urlaub? Stillst du noch, oder lebst du schon?«

Sie meinte das bestimmt nicht böse. Aber nach elf Monaten im Nahkampf mit meiner bezaubernden Tochter, nach elf Monaten ohne eine einzige Nacht durchgeschlafen zu haben, erschien mir diese Frage schlicht als Unverschämtheit. Ich zwang mich, ganz tief durchzuatmen und nicht meine eigene Ansicht über den langen »Urlaub« mit einem inkontinenten, zahnlosen und schreienden Mini-Egoisten zu verkünden.

Also lieber mein verbindliches Marketinglächeln. Und dazu die etwas dürren Worte: »Ich freue mich, wieder hier zu sein – die Sache mit dem Leben fängt damit vielleicht wieder an!« Ich fügte noch etwas lapidar hinzu: »Auf Dauer ist ein Baby ja keine intellektuelle Herausforderung.« Und das war nicht einmal gelogen.

Nicki machte eine ausladende Geste, die wohl meinen kompletten Schreibtisch umfassen sollte. »Ich habe dir alles hingelegt, von dem ich dachte, es könnte irgendwie wichtig für dich sein. Du hast es ja in der Zwischenzeit sicher mitgekriegt: Mr. Cushi expandiert – und jetzt wollen auch andere Fast-

Food-Ketten ihre Werbung und ihr Marketingkonzept von uns haben.«

Mr. Cushi war vor knapp zwei Jahren ein Auftrag gewesen, bei dem wir verkaufen sollten, dass die Mischung zwischen Sushi und Currywurst eine großartige Idee sei. Es war uns gelungen – für mich bis heute eines der Wunder in meinem Job.

Ich blätterte beiläufig durch den ersten Folder, den ich auf meinem Schreibtisch fand. Viele Zahlen, Produkte und Erkenntnisse zum Thema »frittierte Tintenfischringe in der Fast-Food-Gastronomie«. Auftraggeber: Mr. Squid. Fragend sah ich Nicki an. »Wir sollen uns das Marketing für eine Tintenfisch-Bude ausdenken?«

Sie nickte und lächelte. »Ja. Mit einer kleinen Korrektur: Es handelt sich nicht um eine Bude, sondern um achtzehn. Alleine in Hamburg und Umgebung.«

Überrascht sah ich auf den Ordner in meinen Händen. »Und wir haben den Auftrag sicher?«

In Nickis Augen zeigte sich ihr Triumph, als sie nickte. »Ja. Zusammen mit drei anderen, die ähnlich sind – aber in anderen Regionen Deutschlands. Wärst du nicht aus deiner Baby-Auszeit zurückgekommen, hätte ich mir wirklich mehr Angestellte suchen müssen. Aber bei dir weiß ich, dass du so viel wert bist wie drei normale Marketing-Fachfritzen.«

Früher hatten wir uns bei diesem Satz immer gegenseitig auf den Rücken gehauen, uns versichert, dass wir das großartigste Team waren, das es in

Sachen Marketing überhaupt gab. Dieses Mal nickte ich nur und blätterte weiter durch die Mappe. Zahlen, Fakten, Ansätze. Früher hätte mein Hirn spätestens jetzt angefangen, Ideen auszuspucken. Eine Themensammlung »Tintenfisch« zu machen. Über Filme oder Lieder nachzudenken, in denen jemals so ein Tentakelvieh eine Rolle gespielt hatte. Heute? Dachte ich an den kleinen Quietsche-Tintenfisch, den Hanna in der Badewanne zum Spielen hatte. Und fragte mich, ob sie eigentlich Calamari fritti mochte.

Die von Nicki mit einigem Nachdruck gestellte Frage »Was hältst du davon?« riss mich aus meinen oktopusbesetzten Gedanken. Sie sah mich auffordernd an, offensichtlich erwartete sie eine Antwort auf eine Frage, die mir entgangen war. Mir blieb also nichts anderes übrig als zuzugeben, dass ich ihr nicht zugehört hatte. Zum Glück war ich allerdings immer noch nicht auf den Mund gefallen. »Ich habe mir natürlich sofort eine Kampagne für Mr. Squid überlegt ... hm ... was hast du noch mal gesagt?«

Nicki grinste. »Ich wusste, dass du diesen Auftrag magst. Ich habe dich nur gefragt, was du von einem gemeinsamen Abendessen hältst. Da können wir uns dann alles erzählen, was im letzten Jahr auf der Strecke geblieben ist. Alle Aufträge, von denen du noch nichts weißt. Und ich möchte natürlich hören, dass du immer noch das ganz große Glück mit Oliver gefunden hast. Nur damit ich die Hoffnung nicht verliere, dass irgendwo da draußen auch auf mich ein Mr. Perfect wartet.«

Zögernd nickte ich. »Ja, das können wir machen. Heute ist nur der erste Tag, an dem ich Hanna komplett bei meiner Mutter lasse, da möchte ich sie lieber selber ins Bett bringen. Vielleicht können wir das Essen ja auf morgen verschieben?«

Ich hörte selber, dass ich sehr nach einer gluckenden Übermutter klang. Aber das war mir egal, ich wollte heute Abend mein Baby sehen, egal, welchen Eindruck ich damit auf meine Mitgeschäftsführerin machte.

Wenn Nicki überrascht war, dann schaffte sie es gut, das zu verbergen. Großzügig erklärte sie: »Sicher, wenn du dich so wohler fühlst!«

Damit wandte sie sich ihrem Schreibtisch zu und machte eine entschuldigende Geste mit den Händen. »Ich muss mich jetzt leider um ein paar wichtige Termine kümmern, aber wir können ja nachher reden …« Damit fing sie an, auf ihren Bildschirm zu starren, zu telefonieren und hektisch durch unser Büro zu laufen, während sie auf irgendwelche Zettel blickte.

Ich sah ihr verwundert zu. War ich früher auch so gewesen? Und – sehr viel wichtiger: Würde ich wieder so werden? Mit einem Achselzucken wandte ich mich endgültig dem Riesenstapel vor mir zu. Ich hatte noch nicht einmal das erste Viertel gesichtet, als mein Laptop mir eine Mail von Oliver ankündigte. Mit Herzklopfen öffnete ich die Datei. Ob ich mich wohl jemals daran gewöhnen würde, dass dieser Mann mir seine Aufmerksamkeit – und noch sehr viel besser: seine Liebe! – schenkte? Wohl kaum.

Die Mail bestand nur aus einem gemalten Herzen und der kurzen Zeile »Denke an euch!«.

Aber mir erschien es das Wichtigste, was an diesem Tag passierte. Danach empfand ich die Arbeit und die verschiedenen Fast-Food-Buden als sehr viel attraktiver…

Viel zu schnell wurde es später Nachmittag. Hanna sollte um sieben ins Bett – ich musste also schon kurz nach fünf wieder den Heimweg antreten. Eine Zeit, bei der ich noch vor fünfzehn Monaten nicht einmal über Feierabend nachgedacht hätte. Ich schaltete meinen Computer aus, zog meine Jacke an und versuchte möglichst unauffällig an Nicki mit einem lässigen »Bis morgen!« vorbeizulaufen. Sie sah kaum hoch. War vielleicht auch besser so.

Als Hanna eine knappe Stunde später mit weit ausgebreiteten Armen auf mich zuwackelte und dazu ständig »Mama! Mama!« rief, war mir die Meinung meiner Mitgeschäftsführerin allerdings ziemlich egal.

»Es gibt Kleinkinderabteile bei der Bahn, hast du das schon versucht?«

Fassungslos sah ich meine Schulfreundin an. Die letzten zwei Stunden hatte ich sie mit meiner schrecklichen Fahrt nach München vollgejammert – und von meinem Horror vor der Rückfahrt erzählt. Gabi hatte mir lächelnd zugehört. Mit drei Kindern hielt sie meine Kümmernisse wahrscheinlich für lächerlich. Aber sie hatte ihre Mimik genügend unter Kontrolle, um sich davon nichts anmerken zu lassen.

Tatsächlich hatte ich den Kontakt zu ihr in den letzten zehn Jahren völlig verloren. Jetzt hatte sie sich durch einen Zufall wieder gemeldet, und ich hatte begeistert ein Treffen mit ihr verabredet – meine Marketingmädels von früher zogen erst gegen 22 Uhr los. Da rief mich schon lange mein Bett. Gabi hingegen hielt halb acht für eine ebenso gute Idee wie ich – und außerdem war sie bereit, mich in dem Vorort, in dem meine Eltern lebten, zu besuchen. Jetzt saßen wir in der Pizzeria, in der ich in meiner Pubertät meine ersten Dates erlebt hatte, und saugte jeden Ratschlag über Kindererziehung auf, den ich bekommen konnte. Und Gabi gab zum Glück bereitwillig ihre Erfahrungen weiter …

Aber Kleinkinderabteile? »Warum habe ich mich dann immer über diese schreienden Bälger ärgern müssen, die das Großraumabteil in fast jedem Intercity beschallen? Wissen die Mütter denn nicht, dass für sie eigene Reservate vorgesehen sind?«

Gabi zuckte mit den Schultern. »Die Bahn hält diese Dinger eher knapp. Viele wissen gar nichts davon. Dabei ist das Beste: Du kannst sie eigentlich nur am Schalter buchen. Im Internet musst du die richtigen Tricks kennen.« Fast verschwörerisch beugte ich mich nach vorne. »Und – wie geht der Trick?«

»Du musst bei der Buchung anklicken, dass du ein Kind unter drei dabei hast. Das macht man normalerweise nicht – die Kleinen brauchen ja kein Ticket, die fahren ja kostenlos mit. Aber erst dann öffnet sich bei der Sitzplatzreservierung auf wundersame Weise das Fenster mit dem Kleinkinderabteil.«

»Klasse! Das probiere ich aus!«

Mein Enthusiasmus erhielt sofort einen Dämpfer. »Freu dich nicht zu früh. Meistens ist die Reservierung dann doch nicht möglich − obwohl du vielleicht erst Wochen später reisen willst. Und wenn du dann in den Zug einsteigst, ist das Abteil gar nicht reserviert und total frei. Meine Theorie ist, dass mit der ersten Anfrage für eine Teilstrecke das Abteil komplett aus der Reservierung genommen wird …« Sie grinste. »Oder die Frau, die alles programmiert hat, kann Geschäftsmänner nicht leiden und hetzt ihnen so die Kinder ins Großraumabteil.«

Ein diabolischer Gedanke, den ich aber durchaus naheliegend fand. Auf jeden Fall war ich mir sicher, dass ich für meine nächste Fahrt unbedingt dieses Kleinkindabteil testen wollte. Womöglich war das ja die Lösung für Hannas Abneigung gegen Autoreisen.

Kaum hatten wir den letzten Cappuccino getrunken, spürte ich, wie sich eine bleierne Müdigkeit in mir breitmachte. Etwas hilflos sah ich Gabi an. »Es tut mir leid, aber ich bin plötzlich unglaublich müde …«

Ein beruhigend-mitleidiges Lächeln war die Antwort. »Kein Problem. Ich erinnere mich noch genau daran, wie das mit den Kleinen war!«

»Wird es besser?« Ich bemühte mich sehr, meine Stimme nicht allzu verzweifelt klingen zu lassen. Offensichtlich ohne Erfolg.

Bedauernd schüttelte Gabi den Kopf. »Das wird dauern. Wenn sie durchschlafen, dann wird es besser. Sechs oder sieben Stunden Schlaf am Stück helfen wirklich, glaube mir. Dann wird es auch wieder besser mit dem Sex.«

Mit einem Schlag war ich hellwach. War ich etwa mit meinem Zölibat durch Schlafmangel nicht alleine? Rings um mich sah ich nur Frauen, die zufrieden ihre Babys streichelten und milde lächelten. Konnte es etwa sein, dass bei allen im Ehebett recht wenig passierte? Vorsichtig fragte ich nach: »Du meinst, wenn man nicht ständig schlafen möchte, dann könnte es passieren, dass man wieder so etwas wie Lust aufeinander entwickelt?«

»Klar. Sei ehrlich: Du freust dich im Moment mehr über eine halbe Stunde Schlaf extra als über tollen Sex!«

Was blieb mir anderes übrig, als zu nicken. »Ja – aber wir kennen uns noch nicht so lange, deswegen dachte ich, dass Oliver mich vielleicht nicht mehr schön findet. Immerhin habe ich nach der Geburt ein paar Pfunde auf den Hüften zurückbehalten …«

»Daran liegt es nicht. Glaube mir: Der größte Lustkiller ist der Schlafentzug. Ist ja eine beliebte Foltermethode in irgendwelchen Ländern, in denen man wirklich keinen Urlaub machen möchte. Keine Foltermethode ist dagegen das Leben ohne Sex. Das sollte dir zeigen: Schlaf ist wichtiger.«

Geschlagen nickte ich und wollte nur noch eines wissen. »Wie lange …?«

Ihr Blick war voller Mitleid. »Ihr habt euch noch

nicht lange gekannt, als du schwanger geworden bist, oder?«

»Das ist die Untertreibung des Jahres. Hanna wollte wirklich dringend geboren werden – und ich finde sie ja auch großartig …«

»… aber wenigstens ein Monat nur zu zweit wäre nett gewesen?«, vollendete Gabi meinen Satz. »Ich kann dich trösten: Irgendwann wird es besser. Spätestens wenn sie zwei ist, dann ist alles wie vorher. Oder so, wie es vorher hätte sein können, wenn du nicht sofort schwanger geworden wärest …«

Mit einem letzten aufmunternden Schulterklopfen verabschiedete sie sich von mir. Langsam lief ich durch die verlassenen und so vertrauten Straßen nach Hause. Merkwürdig genug, dass meine Hochzeit und meine Tochter dafür gesorgt hatten, dass ich jetzt wieder ständig bei meinen Eltern zu Gast war. Mit ein bisschen Glück war Hanna heute Nacht gnädig und weckte mich nur ein Mal …

Ich-Barometer

Positiv:

Ich arbeite wieder in einem Büro …

Negativ:

… und trotzdem ist nichts mehr, wie es früher war!

4

Apfelkuchen wie bei Muttern

Erleichtert bremste ich den alten Passat vor der Hofeinfahrt in Bad Dürkheim ab. Mein erster Mün-
chen-Ausflug war beendet. Es war wenige Minuten
vor Mitternacht, und Hanna hatte sich vor zwei
Stunden in den Schlaf geheult – seitdem konnte ich
alleine durch die Nacht fahren, meinen Gedanken
und dem leise gestellten Radio lauschen. Und jetzt:
daheim. Einen winzigen Moment lang zuckte ich
bei dem Gedanken noch zusammen. Immerhin
wohnte ich hier erst ein Jahr, und in Wirklichkeit
war es nicht mein, sondern Olivers Zuhause. Aber
für den Augenblick reichte es mir, dass ich hier
meinen Mann, mein Bett und meinen Schreibtisch
hatte. Mit einem Seufzer stieg ich aus dem Auto,
schnallte Hanna vorsichtig von ihrem Sitz los und
trug das warme Paket die Treppe nach oben. Erst
hier machte ich das Licht an – und fragte mich ganz
allmählich, wo eigentlich Oliver steckte. War es jetzt
nicht seine Aufgabe, uns strahlend um den Hals zu
fallen und mir das schlafende Mädchen abzuneh-
men? Irgendwie hatte er seinen Auftritt als über-
glücklicher Vater, der uns bitterlich vermisste, verpasst.

Mit misstrauischem Gesicht ging ich weiter. Keine

Spur von ihm. Das heißt, die einzige Spur, die ich sehen konnte, war ein benutzter Kaffeebecher in der Spüle, aber das war dann doch etwas wenig für meinen Geschmack. Was blieb mir anderes übrig – ich trug Hanna in ihr Zimmer, zog ihr einen Schlafanzug an und legte sie schließlich in ihr eigenes Bett. Sie rührte sich nicht einmal, als ich Quaki den Frosch neben ihr platzierte. Die erste Hälfte der Fahrt hatte sie offenbar völlig erschöpft: schreien, sich gegen die Gurte wehren, nichts essen oder trinken wollen und schließlich nur dann Ruhe geben, wenn ich ihre Hand hielt – grotesk in meinem Fahrersitz verdreht, mit einer immer wieder einschlafenden Hand. Wenn ich ehrlich war, hatte mich die ganze Aktion mindestens ebenso fertiggemacht. Ich holte meine Tasche aus dem Auto und legte mich kurzerhand in unser Bett. Wo immer Oliver war – er würde schon irgendwann hier an meiner Seite enden. Ich für meinen Teil war jetzt einfach zu müde, um mich noch zu ärgern.

Keine Ahnung, wie lange ich schon schlief, als sich plötzlich eine lange, dünne Gestalt unter meine Bettdecke schob und eine Hand auf meiner Hüfte landete. Erst ruhig, dann beiläufig streichelnd, dann etwas eindeutiger. Verschlafen drehte ich mich dem Mann meines Herzens zu. »Was …?«, wollte ich wissen – bekam aber einen so leidenschaftlichen Kuss, dass ich meine Frage sofort wieder vergaß. Nur kurz streifte mich noch der Gedanke, dass Oliver die drei Nächte ohne Hanna offensichtlich sehr gutgetan hatten – dann gab ich mich ganz dem schönen Gefühl hin, dass mein Mann mich offensichtlich noch so sehr begehrte wie am ersten Tag unserer Liebe. Und das Küssen hatte er in den letzten Monaten auch nicht vergessen. Gut.

Und sogar Hanna war gnädig und verschlief unsere Zärtlichkeiten. Oliver murmelte mir irgendwann später ins Ohr: »Ich habe die ganze Zeit darauf gewartet, dass sie losschreit!«

Erst viel später, als ich gerade mit einem Fläschchen in der Hand zu Hannas Bett rannte, um ihr Geschrei mit Hilfe einer warmen Milch zu ersticken, fiel mir wieder ein, dass ich immer noch nicht wusste, wo er sich vorher eigentlich herumgetrieben hatte. Oliver hatte ein wenig nach Wein und nach kaltem Zigarettenrauch gerochen – aber das war kein allzu präziser Hinweis auf einen Aufenthaltsort. Ich verschob die Frage auf den nächsten Morgen, lehnte mich an den Türrahmen und sah Hanna zu, wie sie genüsslich ihre Flasche leerte, sie schließlich absetzte und mir entgegenhielt – um sich sofort umzudrehen und wieder einzuschlafen. Eine bewundernswerte Fähigkeit, die ich in den ersten Monaten mit ihr auch besessen hatte.

Inzwischen musste ich auf den Schlaf meistens länger warten. Viel zu sehr beschäftigten mich Fragen nach meinem fast nicht existierenden Privat- und Sexleben, seit sich dieses kleine Wesen in mein Leben geschlichen hatte. Oder wie ich mich künftig in meiner Firma wieder zu einer unersetzlichen Kraft machen konnte …

Als ich wieder in unser Schlafzimmer kam, schlief

Oliver tief und fest. Im Halbdunkel sah ich ihn mit einem liebevollen Lächeln an. Dunkle, reichlich ungekämmte Haare, dünn und lang. Im Dunkeln waren seine vielen Lachfältchen nicht zu sehen, aber ich wusste genau, dass sie da waren.

Oliver ist Krimiautor. Als ich ihn vor knapp zwei Jahren kennenlernte, ein ziemlich erfolgloser. Aber mit mir begann seine Glückssträhne. Er wurde nicht nur Vater, sondern auch Bestsellerautor. Das war großartig für ihn – und ich freute mich mit. Ehrlich. Schade nur, dass er immer wieder auf Lesereise gehen musste. Jedes Provinzkaff hatte es nach Ansicht seines Literaturagenten verdient, von ihm besucht zu werden. Nur so konnte der Überraschungserfolg seiner ersten Pfälzer Krimi-Geschichte beim zweiten Band wiederholt werden. Schön. Aber wenn Oliver dann zu Hause war, musste er eben genau daran arbeiten: An seinem nächsten Roman. Klingt so einfach, aber inzwischen hatte ich gelernt, dass er an manchen Tagen nach zwei knappen Stunden hochzufrieden und gut gelaunt aus seiner Dichterstube kam, weil »es so gut gelaufen ist«. Und dann kam er wieder einen Tag lang nicht zum Vorschein, sah abends sinnend in sein Weinglas und murmelte nur immer wieder: »Keine Ahnung, wie dieses Buch fertig werden soll. Keine Ahnung, ehrlich.«

Ich nahm diese Stimmungseinbrüche nicht mehr so wahnsinnig ernst wie am Anfang. Das Buch würde fertig werden, keine Frage. Ein bisschen künstlerisches Leiden gehörte dazu. Für mich war es allerdings schwierig, mit Olivers schwankender Verfügbarkeit umzugehen. Und genau deshalb hatte ich mir angewöhnt, ihm einfach hin und wieder unsere Tochter ins Zimmer zu schicken. Sie lenkte ihn zuverlässig von der Arbeit ab und lockte ihn meistens ohne Umschweife auf den nächsten Spielplatz.

Am nächsten Morgen hatte ich seine späte Heimkehr längst vergessen. Stattdessen brannte mir ein ganz anderes Thema auf den Nägeln: Urlaub! Wir kannten uns jetzt schon ein Jahr und acht Monate lang, hatten aber noch nie gemeinsam Urlaub gemacht. Und im Herbst gab es doch so wunderschöne Ziele. Mal abgesehen von der Weinstraße, die sicher in dieser Jahreszeit viele Menschen anlockte – aber da war ich ja schon das ganze Jahr. Ich dachte eher an eine Stadt. Paris, London oder gar New York. Oliver hörte meinen Vorschlag an – und runzelte nachdenklich die Stirn.

»Eigentlich ist der Herbst ja eine schöne Zeit …«, fing er vorsichtig an. Das klang nicht gut.

»Du willst keinen Urlaub machen? Ich habe einen Urlaubsmuffel geheiratet?« Mit Panik in der Stimme unterbrach ich ihn. Ich liebe es, in fremden Städten spazieren zu gehen, in Restaurants unbekannte Speisen auszuprobieren oder einfach nur in einem Café ein paar anderen Menschen beim Leben zuzusehen.

»Das ist es nicht«, sagte Oliver und schüttelte den Kopf. »Jetzt lass mich doch ausreden! Es ist nur so, dass im September Wurstmarkt ist. Ein echter Dürkheimer kann da die Stadt nicht verlassen.«

Wurstmarkt. Für alle, denen es so gehen sollte wie mir: Das ist das größte Weinfest der Welt. Behaupten zumindest die Dürkheimer. Wahrscheinlich stimmt es sogar – ich erinnere mich allerdings nur verschwommen an meine ersten Besuche. Hanna war noch ziemlich frisch, und ich wollte nicht, dass sie ständig an den Weinschänken von wildfremden Menschen angestarrt und mit irgendwelchen pfälzischen Ausdrücken wie »Bobbele« belegt wurde. Also bin ich mit ihr bereitwillig zu Hause geblieben und habe die Stillerei als Vorwand genutzt, um dieses Volksfest, das da auf dem überdimensionierten Parkplatz der Stadt tobte, nicht ansehen zu müssen.

Ich hatte vergessen, dass mein Mann schon im letzten Jahr an jedem einzelnen Tag auf den Wurstmarkt gerannt war. Offensichtlich hatte sich eine gnädige Stilldemenz über diese Erinnerung gelegt. Jetzt war mir alles mit einem Mal wieder bewusst. Das Fest hatte keine Sperrstunde, Dürkheimer trafen sich jedes Jahr an den immergleichen Ständen, und Hanna würde mit an Sicherheit grenzender Wahrscheinlichkeit in etwa dreizehn Jahren hier ihren ersten Schwips haben.

Prima. Ich holte tief Luft, bevor ich mit meiner geduldigsten Stimme nachfragte: »Und warum können wir dann nicht während des kompletten Herbstes in Urlaub fahren? Ist dieser Wurstmarkt nicht sogar kürzer als das Oktoberfest?«

»Nur zwei lange Wochenenden«, nickte Oliver

eifrig. So, als ob er mich überzeugen wollte, dass dieses Weinfest in Wirklichkeit gar keine so schlimme Sache sei.

»Und da können wir nicht vorher oder nachher in Urlaub fahren?« Mir war das Fest egal. Ich wollte weg.

»Doch.« Irgendwie zündete Oliver immer noch nicht.

»Aber?«, bohrte ich nach.

»Na ja, vorher wollen wir doch beim Aufbau zusehen!«

Ich war ein wenig fassungslos. »Beim Aufbau zusehen?«, echote ich dümmlich. »Aber wir schauen doch auch nicht ab Juni zu, wie das Hippodrom wieder aufgebaut wird! Hauptsache, es wird rechtzeitig fertig.«

»Bei uns ist es Tradition, dass man jeden Tag über den Wurstmarkt läuft und zusieht, wie es aufgebaut wird!«

Das war der Moment, in dem ich aufgeben musste. »Okay, dann fahren wir eben im Frühjahr in Urlaub«, maulte ich. Oliver sollte es mir ruhig anmerken, dass ich mit dieser Aussicht nicht glücklich war!

Er ignorierte meine Enttäuschung und wechselte mit einer unglaublichen Geschwindigkeit das Thema. »Hanna ist eingeladen!«, verkündete er. Ich sah unsere Tochter an, die im Moment am Kopfende unseres Frühstückstisches saß und versuchte, möglichst viel Butter von einem Brot zu lecken, ohne auch nur einen Krümel Brot zu erwischen. Ein Unterfangen, dem sie mit viel Erfolg nachging.

»Eingeladen? Ist es nicht ein bisschen früh für Freunde?«

Oliver schob mir einen leuchtend pinken Brief herüber. Darauf war das Bild einer blondgelockten Einjährigen zu sehen, darunter stand in krakeliger Kinderschrift (... die man sich irgendwo aus dem Internet herunterladen konnte):»Ich lade dich herzlich zu meinem Geburtstag ein! Sonntag, 2. August, 10.00 Uhr. Nimm deine Badehose mit! P.S.: Du darfst deine Eltern mitbringen!« Das Kind auf dem Foto erkannte ich als eines der Babys aus dem Babyschwimmen; mit seiner Mutter hatte ich mich gut verstanden, und wir trafen uns seit Monaten regelmäßig auf dem Kinderspielplatz und ermunterten unsere Kinder zu Buddelspielen im Sand. Maren und ihre Tochter Mia. Vollzeitmami mit dringendem Wunsch nach einem zweiten Kind. Beides konnte ich nicht verstehen, aber ich unterhielt mich trotzdem gerne mit ihr.

Mit einem schrägen Lächeln sah ich Oliver an. »Irgendwie bin ich davon ausgegangen, dass wir dieses Jahr ihren Geburtstag noch ignorieren können. Sie wird doch kaum wissen, dass sie jetzt Geburtstag hat, oder?«

»Hanna sicher nicht. Aber ihre Verwandtschaft und unsere Freunde umso mehr«, zuckte er mit den Achseln. »Wir werden auch so zu ihrem Geburtstag einladen müssen.«

»Dann wissen wir ja, wie wir in den nächsten Jahren unseren Hochzeitstag begehen. Mit der Aussicht auf klebrige Kinderhände, Topfschlagen und lautes

Geschrei.« Ich grinste. »So sind wir wenigstens nie gezwungen, irgendwo schön essen zu gehen und uns unsere Liebe zu gestehen. Welcher Liebesbeweis kann größer sein, als gemeinsam einen Kindergeburtstag zu begehen?«

»Was machst du da?«

Ich hielt eine Backmischung für Muffins mit rosa Glasur und Sternchen hoch. »Ich sollte morgen Hannas Gästen doch auch etwas anbieten können. Und damit kriege sogar ich etwas Ordentliches hin!«

Auf Olivers Gesicht machte sich Enttäuschung breit. »Eine Backmischung? Ist das nicht etwas …« Er suchte nach einem passenden Wort. »Lieblos? Ich meine, es ist der erste Geburtstag unserer Tochter, und alles, was es gibt, sind Muffins aus der Tüte?«

Verständnislos starrte ich die Packung an. »Aber so bin ich mir wenigstens sicher, dass ich unsere Gäste nicht vergifte!«, versuchte ich meinen geplanten Einkauf zu verteidigen. Dabei bin ich in Wirklichkeit gar kein Fan von Fertigkost. Im Gegenteil, ich mochte die frisch gekochten Köstlichkeiten, die Oliver immer in der Küche zauberte, ausgesprochen gerne. Es ist nur leider so, dass ich selber keine begnadete Köchin bin. Und es gibt eine Sache, die kann ich noch schlechter als Kochen: Backen! Mir fehlt das Vertrauen in die Wunder der Chemie – warum soll aus Mehl, Eiern und Butter ein Kuchen und nicht ein harter, brauner Klumpen werden? Meine seltenen Versuche waren selten von Erfolg gekrönt.

Es entstanden immer nur kleine Laibe, bei deren Genuss man seine Zähne riskierte. Außer ich griff zu den wunderbaren Helfern von Herrn Oetker oder seinen Kollegen. Mit einem weiteren Kopfschütteln nahm Oliver mir die Packung aus der Hand. »Dann mache ich heute Abend etwas. Meine Mutter hat immer gebacken, die hat mir da ein Rezeptheft hinterlassen …« Er legte seine Stirn in Falten. »Ich glaube, ein gedeckter Apfelkuchen wäre genau richtig – der müsste auch den Kleinen schmecken und auch mit unvollständigem Gebiss zu bewältigen sein.«

Gedeckter Apfelkuchen klang für mich im Schwierigkeitsgrad nur knapp unter der Atomspaltung. Bewundernd lächelte ich meinen Mann an. »Das willst du machen? Toll!« Er bemerkte mein Lob kaum, sondern lief im Geiste bereits durch die Gänge des Supermarkts, auf der Suche nach Äpfeln, Mehl, Butter … und was er eben sonst noch für unerlässlich für einen guten Kuchen hielt.

Am Abend übernahm ich das Baden von Hanna, während Oliver in der Küche verschwand. Wir vertrieben uns mit viel Schaum, Quietsche-Entchen und Wasserspritzen den frühen Abend – und Hanna kriegte sich vor Lachen kaum noch ein. Aus der Küche hörte ich nur leise Musik und hin und wieder das Klappern von Geschirr. Irgendwann tauchte Oliver gut gelaunt auf, setzte sich auf den Boden und sah unserem nassen Treiben mit einem stolzen Lächeln zu. »Unglaublich, dass schon ein Jahr vorbei ist«, lächelte er schließlich.

Ich nickte, wich einer weiteren Ladung Wasser aus, die Hanna gerade aus der Wanne schaufelte, und wollte dann endlich von den Fortschritten in der Küche hören. »Was macht denn der Geburtstagskuchen für unseren frisch gebadeten Wasserfloh?«

Angeregt von dem wirklich netten Geburtstag von Hannas Babyschwimm-Freundin hatten wir nur drei Paare mit ihren Kindern eingeladen. Für meine Eltern war der Weg zu weit, wir hatten also nichts Überraschendes zu befürchten.

Oliver machte eine wegwerfende Handbewegung. »Das ist doch kein Hexenwerk! Meine Mutter hat den besten Kuchen der Welt gemacht, da muss ich mich jetzt nur an ihre Rezepte halten, und schon kann nichts mehr schiefgehen. Im Moment ruht der Mürbteig im Kühlschrank.«

Ich nickte. Als ob ich eine Ahnung davon hätte, wie man einen Mürbteig macht – oder warum das Zeug ruhen musste. Hanna krähte und ließ sich rückwärts in das Badewasser plumpsen. Mit einem Hechtsprung rettete ich unsere Tochter, die mich mit großen Augen durch das Wasser hindurch ansah. Sie hatte wohl vergessen, dass sie sich nicht aus eigener Kraft aufrichten konnte. Eine Handbewegung brachte sie wieder in die Senkrechte. Mit einem kräftigen Niesen beförderte Hanna das Wasser aus ihrer Nase, lachte mich an – und ließ sich erneut nach hinten fallen.

Während ich ihr schon wieder das Leben rettete, grinste ich Oliver an. »Deine Tochter hat selbstmörderische Tendenzen, wusstest du das?«

Er lachte nur, erhob sich und verschwand mit der Ankündigung, jetzt noch schnell den Kuchen fertig zu machen. In der nächsten halben Stunde trocknete ich Hanna ab, föhnte sie, cremte sie ein, hüllte sie schließlich in ihren niedlichen rosa Schlafanzug und legte sie ins Bett – natürlich nicht, ohne ihr vorher wieder den pinken Frosch aus der Autobahntankstelle in die Hand zu drücken. An Schlaf war seit dieser Fahrt ohne diese Errungenschaft nicht mehr zu denken. Im Fernsehen musste ich bei jedem Bericht über giftige Plüschtiere an diesen Frosch denken. Ökologisch unbedenklich konnte der wohl kaum sein! Ich wusch ihn bei jeder sich bietenden Gelegenheit, aber die Weichmacher und Farbstoffe, die in diesem Ding in rauen Mengen anzutreffen waren, ließen sich von meinen Anti-Giftmaßnahmen sicher nicht beeindrucken. Trotzdem: Bei der Wahl zwischen einer heulenden Hanna auf der Suche nach »Quaki« oder ein paar Giften war ich mir sicher, wie meine Wahl aussah. Ein Restrisiko blieb im Leben so oder so erhalten …

Irgendwann schlief Hanna, den Frosch an ihre rosa Wangen gepresst – und ich ging die Treppe nach unten, um in der Küche meinen Mann zu bewundern. Hinter der geschlossenen Tür hörte ich Flüche. Leise und unterdrückt zwar – aber eindeutig Flüche.

Neugierig öffnete ich die Tür. Vor Oliver hatte sich auf einer bemehlten Fläche eine Art Unfall ereignet. Aus mehreren Fetzen von Teig, die nicht mehr zusammenhielten und zum Teil auf der Arbeitsplatte festklebten, versuchte Oliver, eine runde Fläche zu formen. Dabei kamen ihm unflätige Begriffe über die Lippen, die inhaltlich in der Nähe eines Geburtstagskuchens für eine Einjährige nichts zu suchen hatten.

»Klappt es nicht?«, fragte ich.

»Er bröckelt. Und klebt«, erklärte Oliver in einem Ton, der an seiner Laune keinen Zweifel mehr ließ.

»Vielleicht solltest du ihn noch einmal durchkneten. Mit mehr Butter. Oder Mehl.« Meine Ratschläge waren nicht wirklich hilfreich, das war mir schon klar. Aber sie waren wirklich nett gemeint!

Oliver fuhr herum, als hätte ihn eine Schlange gebissen. »Ja, ich weiß, du hättest in der halben Zeit ganz wunderbare Muffins gezaubert. Mit rosa Glitzer und pinkem Guss. Dagegen kann ich mit meinem handgemachten Kuchen natürlich nicht anstinken. Aber weißt du was? Hin und wieder geht es nicht um den Schein, sondern um das, was drinnen steckt. Und hier steckt verdammt viel mehr Arbeit und Liebe drin als in deinen Muffins!«

Völlig verdattert starrte ich Oliver an. So entnervt kannte ich ihn gar nicht. »Aber ich wollte doch nur …«, versuchte ich eine Erwiderung.

Aber Oliver wandte sich nur ab und fingerte weiter an seinem Kuchen-Unfall herum. »Ich schaffe das, bestimmt!«

Vorsichtig zog ich mich aus der Küche zurück und wollte mich im Wohnzimmer auf die Couch vor den Fernseher legen – als die Küchentür noch einmal aufflog und Oliver seinen mehlbestaubten

Strubbelkopf herausstreckte. »Und wenn du es so viel besser weißt, dann kannst du den nächsten Kuchen ja gerne selber backen. Aber ohne Backmischung!«

Damit knallte die Tür wieder zu, und ich blieb alleine mit Günther Jauch und seinen Fragen zurück.

Oliver ist im Normalfall der geduldigste und liebevollste Mann, den ich kenne. Warum sonst hätte ich Hals über Kopf in die Provinz ziehen sollen, um dort auch noch ein Kind zu bekommen? Die Reize der Vorderpfalz sind mir egal – ich liebe das Leben mit Oliver. In den knapp zwei Jahren, seit wir uns kennen, ist er zu einem Bestsellerautor aufgestiegen. Das war großartig. Aber plötzlich lernte er auch die weniger schönen Seiten des Erfolgs kennen: Mit einem Schlag musste mein Mann auch mal auf einen netten Abend mit Freunden verzichten, um an seinem Buch weiterzuarbeiten. Kein Wunder, wenn ihm bei dem ungewohnten Stress, den er jetzt hatte, auch mal seine bis dahin endlose Geduld abhanden kam. Außerdem war er so unausgeschlafen wie ich: Nacht für Nacht standen wir abwechselnd auf und fütterten unser Kind. Das war der Langmut auch nicht unbedingt förderlich …

Aus der Küche drang wunderbarer Kuchenduft in meine Nase. Eigentlich war ich ja schrecklich neugierig und wollte unbedingt wissen, wie er seinen teigigen Unfall gerettet hatte. Andererseits hatte er mich gerade übel angeschnauzt. Dann hörte ich doch lieber Jauchs Fragen zu.

Eine weitere halbe Stunde später streckte Oliver

wieder seinen Kopf durch die Wohnzimmertür. Diesmal ohne Mehlstaub und mit einem wesentlich entspannteren Gesicht. »Sauer?«, fragte er vorsichtig nach.

Ich schüttelte meinen Kopf. »Nö. Was macht der Kuchen?«

Er setzte sich neben mich. »Bei meiner Mutter sah er anders aus. Ich habe irgendwann Streusel aus dem Deckel gemacht und einfach über die Äpfel gekippt. Aber ich denke, die Kleinen werden ihn mögen.« Kurze Pause. Dann, fast trotzig: »Und ich finde es schöner, wenn so etwas selbst gemacht ist ...«

Tja, mein Hang zu schnell-praktisch-gut war noch nie seine Sache gewesen. Ich beugte mich zu ihm herüber, küsste ihn und flüsterte in sein Ohr: »Solange du das Selbermachen übernimmst, finde ich das auch gut. Und wenn du mal keine Zeit hast, weil dein Kommissar gerade auf Verbrecherjagd ist, dann mache ich eben doch Prinzessinnen-Muffins. Okay?«

Er küsste mich. Auch eine Antwort. Und zwar keine schlechte. Und so beendeten wir unseren ersten lautstarken Streit.

Ich-Barometer

Positiv:

Endlich mal wieder Sex!

Negativ:

Kann man sich wirklich über Backmischungen streiten?

5

 Das Leben ist kein Kindergeburtstag

»Happy Birthday deiner Tochter!«

Oliver stand strahlend neben unserem Bett, eine dampfende Tasse Kaffee in der einen Hand, eine langstielige Rose in der anderen. Er beugte sich zu mir herunter, küsste mich zärtlich und murmelte: »Auf den besten Tag meines Lebens!«

Mir kamen spontan die Tränen. Gestern hatte ich schon befürchtet, dass jetzt die Zeit anfing, in der man nicht mehr verliebt war, sondern nur noch über Kleinigkeiten stritt. So wie diese Ehepaare, die ihre schreienden Kinder an der Hand durch den Supermarkt zerrten und sich wegen der richtigen Kondensmilchmarke ankeiften. Oder wegen des Kontostands. Heute Nacht hatte ich tatsächlich wach gelegen und mir vorgestellt, dass meine Zukunft düster aussehen würde. Aber mit einem frischen Kaffee aus der Hand meines Liebsten war das alles gar nicht mehr so schlimm. Ich stellte die Tasse vorsichtig auf die Seite und gab Oliver einen langen Kuss. »Ich liebe …«

Den Satz konnte ich nicht beenden. Aus Hannas Zimmer schrillte ein Protestschrei. »Mamapapa!«

Wir fuhren auseinander wie ertappte Teenager, Oliver drehte sich auf dem Absatz um und verschwand in Richtung Gebrüll. Ich ließ mich noch einen Moment in die Kissen sinken und sah versonnen Rose und Kaffee an. So sah das also aus, wenn man plötzlich einen Hochzeitstag hatte. Meine Meditation zum Thema »Wie fühle ich mich als verheiratete Frau« nahm ein schnelles Ende, weil das Geschrei kein Ende nahm.

»Nicht Papa! Mama!« Offensichtlich hatte Hanna an ihrem Jubeltag beschlossen, dass Oliver ihren Ansprüchen nicht genügte. Er kam mit einem entschuldigenden Achselzucken zurück in unser Schlafzimmer.

»Ich darf sie heute nicht anfassen. Ich fürchte, diese volle Windel gehört dir …«

Seufzend nahm ich einen letzten Schluck Kaffee und stellte mich dann dem Tag. Hanna wechselte ihre Fixierung auf Mama oder Papa regelmäßig und mit Nachdruck. Heute war sie also ein Mamakind. Kaum war ich an ihrem Bett, strahlte sie mich aus ihrem rosa Schlafanzug heraus an. »Aa drin!«

Aha. Warum nur wünschte man sich so sehnlich, dass das Kind endlich sprechen soll, um dann festzustellen, dass die ersten Botschaften eher profaner Natur sind? Ich hob sie mitsamt dem Schlafsack aus dem Gitterbettchen und legte sie auf die Wickelkommode. »Mama lieb!« lächelte Hanna. Vielleicht waren die Botschaften ja doch nicht so profan, wie ich dachte. Ich befreite sie aus dem Schlafsack und kitzelte sie an ihren Zehen.

»Happy Birthday to you!«

Statt mich um die neueste Kampagne für Mr.

Squid zu kümmern, verbrachte ich den Vormittag damit, alles für Hannas Geburtstagsparty vorzubereiten. Bunte Servietten, Luftschlangen, Ballons … immerhin hatte ich vor ein paar Wochen bei Hannas Schwimmfreundin gelernt, dass man so ein Event ordentlich begehen musste. Es sollte nicht mehr lange dauern, bis ich einsehen musste, dass Luftschlangen und Ballons eine Minimalanforderung waren. Die Meisterklasse waren Themen-Geburtstage, bei denen sich wahlweise alles um Dinosaurier oder Prinzessinnen drehte und von der Serviette bis zum Kuchen alles zusammenpassen sollte. Ich ahnte auch noch nicht, dass es bei den lieben Kleinen inzwischen üblich war, kleine Geschenke zum Abschied an die Besucher auszugeben. In meiner Kindheit war eindeutig alles anders gewesen …

Als die ersten Gäste klingelten, sah Hanna mit ihrem Kleidchen einfach zum Anbeißen aus. Sie stellte sich begeistert in die Tür und nahm Geschenke entgegen. Anstatt sie allerdings aufzumachen, legte sie sie sorgfältig auf ihren Stuhl und spielte dann lieber wieder mit dem Spielzeug, das sie schon hatte. Und das sie auf keinen Fall mit einem ihrer Gäste teilen wollte.

Als Mia mit unschuldiger Miene nach einem ihrer Bälle griff – wir besitzen etwa ein halbes Dutzend –, stürzte sich Hanna mit dem Geheul einer Hyäne auf das Ding. Mia hielt ihre Eroberung mit sicherem Griff fest und sah sie herausfordernd an. Sie war nur drei Wochen älter, die beiden waren gleich stark. Trotzdem wollte Hanna es wohl doch nicht auf einen Kampf ankommen lassen. Stattdessen sah sie Mia ein paar Sekunden fassungslos an, bevor sie sich zu mir umdrehte und anklagend auf die Diebin mitsamt Ball deutete und »Ball! Ball! Ball!« schluchzte. Ich streichelte ihr beruhigend über den Kopf.

»Aber die Mia hat sich das Spielzeug doch nur ausgeliehen …«

Weiter kam ich nicht. Hanna hatte gesehen, dass jetzt Fynn ihren leuchtenden, quiekenden, singenden Plastikkreisel in den Händen hatte. Entschlossen rannte sie zu ihm und zerrte an dem Objekt der Begierde. Leider konnte Fynn noch nicht laufen, sondern nur krabbeln – und war auch sonst unterlegen. Er wurde von Hanna ohne Umschweife umgeschubst und landete auf dem Hinterkopf. Jetzt schrien zwei Kinder …

Damit Hanna nicht noch länger ihre Gäste terrorisierte, holte ich kurzerhand den Apfelkuchen aus der Küche. Immerhin gab es zwei Kinder, die noch nicht heulten – und dazu geduldige Mütter, die mit mildem Lächeln das Treiben ihrer Kinder betrachteten.

Das war natürlich Maren, bei der wir vor ein paar Wochen eingeladen waren. Mia war damals übrigens vorbildlich gewesen. Sie hatte ihre Gäste begrüßt, die Geschenke ausgepackt und dann alle ihre Spielsachen bereitwillig geteilt. Mich beschlich der Verdacht, dass ich bei der Erziehung total versagt hatte und meine Tochter schon jetzt eine egoistische Pestpocke war. Schade.

Entschuldigend lächelte ich in die Runde.»Hanna muss erst noch lernen, dass nicht die ganze Welt ihr gehört ...«

»Mia hat das erst bei den Palatinis begriffen«, erklärte Maren, während sie sich genüsslich ein Stück Apfelkuchen in den Mund schob.

Palatinis? Welche geheimnisvolle Erziehungsmethode war da nur wieder an mir vorbeigegangen? War das etwa eine Art Pekip für Fortgeschrittene? Etwas ratlos sah ich Maren an. »Und wer ist das? Palatini?«

»Nicht Palatini, sondern Palatinis – das ist eine Elterninitiative, bei der Einjährige an zwei Vormittagen die Woche von einer Erzieherin betreut werden. Etwa zehn Kinder, eine Mutter ist immer dabei – und nach drei Stunden kann man sein Kind wieder abholen.«

Drei Stunden ohne Hanna? Das klang wie das Paradies. Sicher, mehr als ein Tag ohne Hanna war die Hölle, aber wenigstens zweimal die Woche eine kurze Pause ...

»Warum hast du mir noch nie davon erzählt?«, sprudelte es aus mir heraus. »Und – warum ...« In letzter Sekunde trat ich innerlich die Bremse. Nein, ich konnte unmöglich fragen, wofür eine Vollzeitmami mit nur einem Kind so eine dreistündige Kinderpause brauchte. Um mal wieder das Silber zu polieren? Die Unterhosen des Gatten zu bügeln?

Maren sah meinem Gesicht wohl an, dass meine Gedanken in diesem Augenblick nicht zur Veröffentlichung taugten. Ein paar Lachfältchen machten sich hinter ihrer Nickelbrille breit. »Ich lege mich dann auf die Couch und lese ein Buch. Oder eine Zeitung. Luxus pur! Wann hast du deine letzte Zeitung gelesen?«

Keine Ahnung. Wir hatten das Ding noch abonniert, aber meistens endete es ungelesen als Einlage in der Biotonne. Ich weigerte mich nur aus einem Grund, das Abo zu kündigen: Das wäre die totale Aufgabe. Fast so, als ob ich die Sache mit der Verhütung mangels Sex nicht mehr betreiben würde: Es würde bedeuten, dass ich den augenblicklichen Zustand als Dauerzustand akzeptierte. Und das kam überhaupt nicht in Frage.

Maren sah meinem Gesicht die Antwort wohl an. »Siehst du. Ich finde, ich habe wenigstens zweimal die Woche ein paar Stunden nur für mich verdient. Und die verschaffen mir die Palatinis. Noch dazu lernt Mia, dass man mit anderen Kindern spielen kann, dass nicht alle Spielsachen ihr gehören … es ist also auch noch pädagogisch wertvoll.«

Ich zitterte fast vor Begierde. »Wie komme ich an diese Palatinis ran? Kann man da sofort loslegen?«

Maren schüttelte den Kopf. »Wenn ich das richtig sehe, dann haben die eine Warteliste. Ruf doch einmal die Vorsitzende an. Findest du im Internet.«

In dieser Sekunde popelte Mia mit viel Hingabe eine Rosine aus dem Apfelkuchen, und wir wurden von dringenden erzieherischen Maßnahmen unterbrochen. Aber ich vergaß den Tipp nicht – und schaltete den Computer in der Sekunde an, in der ich Hanna ins Bett gebracht hatte. Tatsächlich: Palatinis. Betreute Spielgruppe. Sekunden später sprach ich mit einer sympathischen Frau, die mir erklärte, dass die Wartezeit im Moment etwa drei Monate betrage. Ich sollte mich doch einfach mal anmelden. Ich überwies das Geld an diesen Verein noch am gleichen Abend. Vielleicht hatte so Mr. Squid mal eine Chance, dass ich mich etwas ausgiebiger um seine älter werdenden Tintenfischringe kümmerte …

Den Rest des Nachmittags verbrachte ich übrigens im Nahkampf mit Hanna und ihren vier Gästen. Verschütteten Kakao aufwischen, heulende Kinder trösten, gelassen bleiben, um vor den anderen Müttern nicht als hysterische Zicke dazustehen – und als schließlich um sechs das letzte Kind mitsamt Mama aus der Tür gegangen war, musste ich Hanna in die Badewanne werfen, damit die Kruste aus Schokolade, Apfelkuchen und Kakao wieder aus ihren Haaren gewaschen werden konnte.

Als ich endlich ein wohlduftendes Kind mit seidigem Haar in die Arme von Quaki gelegt hatte und wieder in unser Esszimmer kam, wartete eine gleichmäßige Bodenbedeckung aus Krümeln, Serviettenschnipseln und Luftschlangen auf mich. Seufzend griff ich nach dem Staubsauger, um den Boden wieder begehbar zu machen. Heimlich nahm ich mir vor, den nächsten Geburtstag im Park oder im Zoo zu begehen. Immerhin war Hochsommer! Als endlich alles wieder wie ein Zimmer für Erwachsene aussah, legte ich mich ermattet auf die Couch und schaltete den Fernseher ein. Es konnte ja nicht mehr lange dauern, bis der Herr Dichter aus seinem

Zimmer, in dem er sich den kompletten Nachmittag verschanzt hatte, auftauchte und meine mütterlichen Fähigkeiten bewunderte.

Über diesen Gedanken schlief ich wohl ein – und wachte erst auf, als Oliver vor mir stand und mich nachdenklich betrachtete. »Was hältst du von einem Sekt in der Bar gegenüber? Immerhin haben wir doch Hochzeitstag!«

Ich blinzelte ihn müde an. »Darf ich den auch morgen haben? Ich bin viel zu fertig …«

Eine Kleinigkeit kann ich wohl verraten: Dieser Hochzeitstag war ebenso wenig von leidenschaftlichem Sex gekrönt wie meine eigentliche Hochzeitsnacht, in der ich vor einem Jahr meine Tochter auf die Welt gebracht hatte.

Wurstmarkt. Das große Ereignis meiner neuen Heimat. Während Oliver fast rannte, um möglichst schnell bei den Karussells und Weinständen zu sein – nicht unbedingt in dieser Reihenfolge –, schubste ich den Buggy mitsamt Hanna gemütlich hinterher. Direkt am Eingang stoppten wir beim Kindersportkarussell. Ein Dutzend Kleinkinder saßen mit leuchtenden Augen auf Feuerwehrautos, Jeeps und blinkenden Motorrädern. Hanna sah sich das Ganze interessiert an, der Mann meines Herzens kaufte zehn Fahrchips. »Sind günstiger!«, verkündete er und hob unsere Tochter in das Polizeiauto. Sie klammerte sich an das Lenkrad und sah mich nur mit großen Augen an. Der Betreiber dieses Karussells erlaubte Eltern das kostenlose Mitfahren – also kauerte Oliver neben dem Polizeiauto und passte auf, dass Hanna nicht plötzlich das fahrende Gefährt verließ. Ich plumpste auf eine Bank, die sicher eigens für Mütter während der achten Runde ihres Nachwuchses dort aufgebaut worden war. Mit lautem Klingeling ging es los, eine Stimme verkündete »Zack, Zack!«, und Hanna entdeckte, dass sie mit einem Knopf eine Stimme anschalten konnte, die verkündete: »Hier kommt die Feuerwehr.« Der Lärm war ohrenbetäubend. Hanna verzog keine Miene. Keine Ahnung, ob ihr diese kreisende Fahrerei gefiel.

Das Karussell stoppte, und ich konnte nur beobachten, wie Oliver sie etwas fragte. Heftiges Kopfschütteln. Er sah zu mir herüber, zuckte hilflos mit den Achseln – und blieb sitzen. Wieder Klingeling, wieder »Zack! Zack!«, wieder »Hier kommt die Feuerwehr«. Stopp. Wieder Kopfschütteln.

Ich lehnte mich etwas gemütlicher zurück. Die Weinschänken waren noch fern, offensichtlich würden wir diesen Nachmittag am Kindersportkarussell verbringen. Ein paar Fahrchips später schlenderte ich gemütlich zu dem Stand mit den gebrannten Mandeln. Kauend kehrte ich zurück – und fand meinen Mann mit einer hysterisch heulenden Hanna vor.

Mit hochrotem Gesicht klammerte sie sich am Lenkrad ihres Polizeiautos fest. Das nächste Kind kletterte bereits in das Auto und zwängte sich unter Hannas bewindelten Hintern. Sie wurde noch wütender, während Oliver ihre Finger einen nach dem anderen von dem Lenkrad löste und sie als strampelndes Bündel aus dem Karussell trug. Als sie bei mir ankamen, hatte sich meine Tochter wieder halbwegs beruhigt. Der Erzeuger des kleinen Schreihalses strahlte mich an. »Sie mag es!«

»Ja«, knurrte ich. »Und wenn wir jeden Tag zehn Fahrchips beim Kindersportkarussell lassen, dann weiß ich wenigstens, warum wir uns zwischen Urlaub und Wurstmarkt entscheiden mussten …«

»Spielverderber«, grinste Oliver mich an und beugte sich zu Hanna herunter. »Na, Liebling, wie wär's jetzt mit dem Kinderzug?«

Unbedingt. Sie nahm seine Hand, und schon stapften die beiden gemeinsam zum nächsten Kinderkarussell. Ich zerrte den leeren Buggy durch die Menschenmengen hinterher. Was hatte ich schon zu melden? Lächerliche Bedenken wie »Ist das nicht eine Reizüberflutung für unser Kind, die wir garantiert mit Albträumen nach Mitternacht bezahlen müssen?« hatte Oliver garantiert nicht. Ich sah den Rest meiner Familie bei einem Mini-ICE wieder, der immer im Kreis fuhr. Oliver auf dem Kindersitzchen hingekauert, Hanna strahlend mit den Händen winkend. Beim Anblick meines Mannes bekam ich spontan Rückenschmerzen. Nach drei Runden mit dem ICE wiederholte sich das Drama vom Kindersportkarussell. Hanna wollte nicht aussteigen!

Diesmal konnte ich sie mit einer gebrannten Mandel davon überzeugen, dass sich nicht die gesamte Welt gegen sie verschworen hatte. Wir zogen weiter zu den Weinständen. Oliver holte Dampfnudeln und Rebensaft, ich versuchte, meine Tochter zu bändigen. Schwierig, denn jedes einzelne Fahrgeschäft auf diesem Platz schien magische Anziehungskräfte zu haben, die direkt auf Hanna wirkten. Sie wollte zu allem, was blinkte und lärmte, ich wollte meinen Platz auf den Bierbänken verteidigen – wobei ich mich insgeheim fragte, ob diese Bänke eigentlich in dieser Gegend Weinbänke hießen.

Als Oliver endlich mit Schorle und Dampfnudeln zurückkehrte, war ich schweißgebadet, und Hanna lag kreischend in dem feinen Kies, der unter den Bänken aufgeschüttet worden war. Ich bemühte mich um ein gelassenes Gesicht, als ich zum Alkohol griff und einen tiefen Schluck nahm. Oliver war fassungslos.

»Sie liegt im Dreck!«

Ich zuckte mit den Achseln. »Wenn du sie auf der Bank halten kannst: Setz sie neben dich. Ich für meinen Teil warte jetzt erst einmal, bis sie sich beruhigt hat.«

Unsere Tischgenossen musterten uns halb belustigt, halb mitleidig. Ein Blick, an den ich mich mit einem Kind in der Trotzphase noch gewöhnen sollte.

Diesmal dauerte es allerdings nur wenige Minuten, bis Hanna sich wieder aufrappelte, auf unseren Tisch deutete und mit einem »Ist das?« nachfragte, was wir da gerade aßen. Wenige Momente später verschwand die zweite Hälfte meiner Dampfnudel in ihrem Mund. Danach musterte sie den leeren Tisch und erklärte: »Mehr!«

Oliver sprang gehorsam auf, um eine weitere Dampfnudel für unsere gefräßige Tochter zu erstehen. Als er wiederauftauchte – zum Glück dauerte es dieses Mal nicht so wahnsinnig lange –, biss Hanna ein einziges Mal ab, deutete dann auf die vielen Fahrgeschäfte und erklärte: »Sell fahren!«

Sie und Oliver verschwanden im Gewühl in Richtung eines weiteren Kinderkarussells. Ich folgte langsam mit einer angebissenen Dampfnudel in der Hand, die ich mir ohne langes Nachdenken in den Mund stopfte. Allmählich wurde mir klar, warum die meisten Mütter nie wieder ihr Ursprungsgewicht erreichen. Sie dienen als lebender Mülleimer für alles, was das liebe Kind nicht mehr haben will. Ursprünglich hatte ich mir geschworen, dass ich nie zu einer dieser Mütter mutieren würde, die sich mit ungerührter Miene die angelutschte Brezel ihres Nachwuchses in den Mund schoben. Längst hatte ich resigniert. Was sollte man schon tun, wenn einem in der Warteschlange vor dem Postschalter plötzlich eine halb durchgekaute Brezel in die Hand gedrückt wurde – entweder, weil Hanna keinen Hunger mehr hatte, oder einfach nur, weil sie jetzt gerade einen Schluck trinken wollte und dafür natürlich einen leeren Mund brauchte. Wenn dann kein Mülleimer parat stand, gab es nur eine Lösung: schnell in den Mund und weg damit. Immer in der Hoffnung, dass Ekelkalorien nicht zählen.

Zurück zum Wurstmarkt und meiner ganz und gar nicht ekligen Dampfnudel – in diesem Fall zählte sicher jede einzelne Kalorie! Ich bedauerte trotzdem, dass ich keine Vanillesoße mitgenommen hatte …

Auch dieses Mal fand ich die beiden in einem Karussell wieder. In einem Drachen, um genau zu sein. Es dämmerte – und Hanna sah keine Sekunde so aus, als ob sie dieses Mal ohne Widerspruch ihr Fluggerät verlassen würde. Es wurde allmählich Zeit, dass ich dem Treiben der beiden ein Ende setzte. Wenn ich nicht aufpasste, würde Hanna heute Abend vor lauter Aufregung überhaupt nicht einschlafen können …

Als diese Runde zu Ende ging, platzierte ich die heulende Hanna im Buggy und erklärte mit einer nicht mehr ganz so lässigen Stimme: »Ich finde, für heute reicht es! Wenn du willst, kannst du ja morgen wieder alle Kinderkarussells fahren …«

Oliver war etwas verwirrt – so streng erlebte er mich selten. Dabei sollte er – seit wir uns auf dem Oktoberfest kennengelernt hatten – eigentlich wissen, dass ich solche Feste nicht sonderlich mochte. Zu viele Menschen und zu viel Alkohol – in dem Tumult wollte ich einfach nicht meine Hanna sehen!

Er umarmte mich. »Aber ich habe schon immer davon geträumt, mit meiner eigenen Tochter hier auf dem Wurstmarkt Reitschule zu fahren.«

Reitschule ist das Wort der Pfälzer für Karussell – auch wenn weit und breit weder Pferd noch Lehrer in Sicht waren. Für einen Augenblick wurde ich fast weich, dann fiel mir jedoch wieder ein, dass ich meine Tochter jetzt endlich ins Bett bringen und dieses Drama bitte nicht unnötig verlängern wollte. Entschlossen nahm ich die Griffe meines Buggys in die Hände – und musste feststellen, dass der Sitz leer war.

Leider hatte ich völlig vergessen, dass Hanna inzwischen ohne Probleme aus dem Ding heraus- und wieder hineinklettern konnte – vor allem dann, wenn ich leichtsinnigerweise die Gurte nicht geschlossen hatte.

Suchend sah ich auf. Es dämmerte, und der Wurstmarkt füllte sich schnell mit kinderlosen Feiernden. Der Nachmittag der Buggys und klebrigen Kinderhände mit Zuckerwatte war vorbei. Bildete ich mir das ein, oder sah ich den braunen Parka meiner Tochter gerade in diesem Moment um die Ecke in Richtung Riesenrad rennen?

Ohne ein weiteres Wort der Erklärung gab ich Gas. Um die Ecke stand eine Busladung feierwütiger Schwaben. Ich presste mich mühsam vorbei, wich ein paar spritzenden Schorlegläsern aus und fand mich auf einer breiten Gasse wieder. In einer Richtung nur weitere Weinstände mit moderater Beleuchtung, in der anderen das Riesenrad, das mit abnehmendem Tageslicht in allen Regenbogenfarben blinkte und strahlte. Ich musste keine Psychologin sein, um zu wissen, wohin meine dreizehnmonatige Tochter wohl hingewandert war. Ohne Rücksicht auf Umstehende rannte ich so schnell wie irgend möglich zu dem Rad hin. Hanna hatte doch nur eine knappe Minute Vorsprung – wie konnte sie nur schon so weit sein?

Vor dem Riesenrad lag ein kleiner Platz, der Treffpunkt für alle Jugendlichen von Dürkheim. Dagegen hatte ich rein gar nichts, aber Hanna hatte hier im Alleingang frühestens in zwölf Jahren etwas verloren. Bis dahin gehörte sie an meine Hand oder wenigstens in Sichtweite. Im Geiste fing ich an, mir zu überlegen, wo man wohl ein verloren gegangenes Mädchen finden könnte. In den Zelten der Sanitäter, die eigentlich für die Alkoholleichen zuständig waren? Bei der Polizei, bei denen prügelnde Festbesucher festgehalten wurden? Im Tourismusbüro, weil es sowieso für alle Fragen zuständig war?

Wie sehr ich mich auch umsah: Vor dem Riesenrad war keine Hanna zu sehen. Wieder drehte ich mich um mich selbst. Aus einem Festzelt dröhnte Musik. Irgendeine Pfälzer Partyband mit dem obskuren Namen »Anonyme Giddarischde«. Ich wusste genug, um zu wissen, dass in diesem Zelt vor der Bühne der Punk abging. Bei Hannas Neigung zu lauten, überfüllten Plätzen kein schlechter Tipp. Aber würde nicht irgendwann ein einsames Kleinkind auffallen – und irgendeine mitleidige Seele sich darum sorgen, wo die Erziehungsberechtigten waren? Die beim Streit um den richtigen pädagogischen Umgang mit großen Volksfesten leider den wichtigsten Job vergessen hatten: sich darum zu kümmern, dass ihrem Kind kein Unheil zustieß. Meine blühende Phantasie malte sich Bilder aus, in denen alte lüsterne Männer und unschuldige blonde Mädchen eine entscheidende Rolle spielten.

Für eine Sekunde machte sich blanke Panik bei mir breit. Und wo war überhaupt mein Mann? Ich hatte ihn vor dem letzten Karussell einfach stehen lassen, ohne mich mit ihm abzusprechen. Aber er konnte wenigstens auf sich selber aufpassen. Hoffte ich.

Am Eingang des Festzeltes sah ich genau das, was ich erwartet hatte: jede Menge Menschen in Feierlaune, singend und tanzend, vor der Bühne ein dichtes Gedränge. Ich ging trotzdem näher. Und dann sah ich sie.

Mit ernstem Gesicht, einen Arm erhoben, den anderen steif vom Körper gestreckt, drehte sie sich zu der Musik im Kreis. Die Menschen um sie herum lachten, deuteten auf sie, applaudierten – und rechneten garantiert damit, dass sich auch die Eltern irgendwo im Hintergrund über ihr Kind amüsierten. Und genau das machte ich jetzt. Ich lehnte mich an einen der großen Stahlträger und beobachtete Hanna, die sich in ihrem Tanz von nichts und niemanden stören ließ.

Vor Erleichterung stiegen mir Tränen in die Augen. Eine Frau sah mich an, ihr Blick folgte meinem – und dann beugte sie sich verschwörerisch zu mir herüber. »Nemme Se en Edding!«

»Wofür?« Ich sah sie so verdattert an, als hätte sie mir aus dem Nichts heraus die Lottozahlen verraten.

»Schreibe Se die Handy-Nummer uff de Arm. Wenn de Klää dann verlore geht, krigge Se en Anruf und alles is gut!«

Langsam nickte ich. Das klang tatsächlich wie ein guter Plan. Mal abgesehen von der Tatsache, dass ein wasserfester Stift über Wochen hinweg zu sehen war – und eine Handynummer ein ziemlich eigenwilliger Schmuck für einen Kinderarm war. Aber ansonsten war die Idee bestechend …

Meine Überlegungen wurden von zwei Armen unterbrochen, die sich von hinten um mich legten. Sehr vertraute Arme. »Da hatten wir wohl die gleiche Idee!«, rief Oliver mir ins Ohr. Ich nickte nur und deutete auf die kleine, ernste Tänzerin. »Ja. Und sie scheint uns nicht einmal zu vermissen!«

Zu unserem Glück kündigten die »Giddarischde« in dieser Sekunde eine Pause an. Hanna sah überrascht aus, als sich die Tanzfläche plötzlich leerte. Sie warf einen suchenden Blick in die Runde und schien nicht sonderlich verwundert zu sein, als sie uns schließlich an dem Pfosten entdeckte. Sie winkte uns zu und kam dann mit ihrem typischen Gang – die Hände nach hinten gestreckt wie einst Freddie Frinton in »Dinner for One« – auf uns zu.

Ich drückte Olivers Arm. »Ich gehe jetzt mit ihr nach Hause – und du kannst noch ein bisschen deinen Wurstmarkt genießen. In Ordnung?«

Er nickt nur. »Der Buggy steht vor der Tür. Habe ich mitgebracht.«

Dieses Mal schnallte ich Hanna an. Ich hatte keine Lust auf eine zweite panische Suchaktion an diesem Abend. Mit einer Woiknorze, die sie auf dem Heimweg zufrieden aufaß, war sie dann auch satt, als wir unseren gelben Palast erreichten. Entgegen allen meinen Befürchtungen fiel sie ohne Widerspruch ins Bett und schlief nach wenigen Minuten tief und fest. Ohne Albträume. Vielleicht hatte Oliver ja recht,

und die Kleinen konnten sehr viel mehr Action ver-
tragen, als ich angenommen hatte.

Ich köpfte einen Riesling, mit dem einer der orts-
ansässigen Winzer sicher eine goldene Medaille am
blauen Bande gewonnen hatte, und machte es mir
vor dem Fernseher gemütlich. Immerhin hatte ich
so wenigstens ein bisschen Wurstmarkt-Feeling: Ich
trank feinen Wein.

Irgendwann war der langweilige Krimi in der
ARD vorbei, und ich ging ins Bett. Auf Oliver zu
warten, hatte wenig Sinn. Eine weitere Eigenart
dieses Weinfestes war die Aufhebung der Sperrstunde in Bad Dürkheim. Es konnte also durchaus
sein, dass mein schrecklich netter Mann erst im
Morgengrauen wieder den Weg in meine Arme
suchte. Dann konnte ich ihm souverän lächelnd ein
Aspirin geben und damit zeigen, dass ich ihm seinen
Spaß von Herzen gönnte.

Zwei Stunden später schrie Hanna wie am Spieß
und ließ sich durch nichts beruhigen – vor allem
nicht durch ihre Milch. Sie faselte etwas von »Sell«
und »Mehr«« und bewies damit, dass die Ereignisse
auf dem Wurstmarkt sie alles andere als unberührt
gelassen hatten. Es verging eine weitere Stunde, bis
sie endlich wieder in ihrem Bett landete.

Keine fünf Minuten später: das Geräusch eines
Schlüssels an unserer Haustür. Ein Blick auf die Uhr
zeigte mir, dass es inzwischen zwei Uhr war. Galt
das als ein früher oder später Aufbruch vom Wurstmarkt?

Auf jeden Fall verriet der schwere Schritt, dass

mein Mann den Riesling auf dem Markt fleißig verkostet hatte. Krachend fiel die Tür hinter ihm ins Schloss. Ein Quäken aus Hannas Zimmer verriet mir, dass ihr Schlaf für diesen Lärm noch nicht tief genug war – und damit war leider auch meine heitere Gelassenheit, um die ich mich den ganzen Abend bemüht hatte, vorbei.

»Diesmal kannst du sie in den Schlaf singen, Vollidiot!«, schnauzte ich Oliver an. Wenn es um den Schlaf meiner Tochter geht, werde ich zur Furie. Weil es damit um meinen eigenen Schlaf geht – und der ist mir inzwischen so heilig, wie es einem nur bei sehr seltenen Gütern gehen kann.

Oliver war zu betrunken, um meinen Zorn auch nur zu bemerken. Er grinste mich breit an und verschwand in Hannas Zimmer. Um Augenblicke später wiederaufzutauchen und Hanna auf der Schulter zu wiegen. So viel zu unserem Grundsatz »Nachts darf sie nie aus ihrem Zimmer geholt werden, sonst will sie das jede Nacht, und wir machen uns zu ihren Sklaven«. Dabei war ich mir sicher, dass wir das ausgiebig diskutiert hatten – nur eben leider im nüchternen Zustand.

Ich bemühte mich noch einmal um innere Ruhe. Tief einatmen, lächeln, auch wenn man sich nicht danach fühlt. Das empfehlen zumindest die Ratgeber in Zeitschriften wie »Eltern«. Dann die Frage: »War es denn nett?«

Oliver nickte so gewissenhaft, wie es nur Betrunkene können. »Ja. Ich habe Sabrina getroffen.«

Meines Wissens gab es nur eine Sabrina in seinem

Leben. Meine Vorgängerin, seine Exfrau. Bis zu diesem Zeitpunkt hatte Oliver nur selten von ihr geredet. Eher im Zusammenhang mit »Ich müsste hier irgendwo eine Spargelzange haben … aber vielleicht hat Sabrina die auch mitgenommen«.

Prüfend sah ich ihn an. »Sabrina?«

Ehrlich, ich habe mich sehr bemüht, jede Wertung aus dieser Frage herauszuhalten. Es war schließlich lächerlich, auf die Exfrau eines Mannes eifersüchtig zu sein – immerhin hatte er sich ja für mich scheiden lassen, oder?

»Klar, wir haben ein bisschen über alte Zeiten geredet. Was ihre Kinder so machen, wie wir früher zusammen auf dem Wurstmarkt gefeiert haben …«

Warum nur hörte ich aus diesen Worten einen Vorwurf heraus? So etwas wie: »Mit Sabrina konnte ich feiern, während du fade Nuss lieber nach Hause gehst!«

»Ach, die große Versöhnung?«

Irgendwie kam mir das etwas schnippischer über die Lippen, als ich es eigentlich geplant hatte. Das merkte sogar Oliver in seinem Suff. Er nahm mich in den Arm. »Aber ich liebe nur dich!«

Ich nickte nur und nahm ihm unsere Tochter, die mittlerweile wieder eingeschlafen war, ab, um sie in ihr Bett zu bringen. Als ich wiederkam, lag auch Oliver im Bett. Leise schnarchend, zufrieden lächelnd wie ein Baby. Ich hoffte einfach mal, dass dieses Lächeln nicht mit dem Treffen mit Sabrina zusammenhing.

Ich-Barometer

Positiv:

Hanna und ich haben ihren ersten Geburtstag und unseren ersten Tag auf dem Volksfest überlebt!

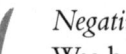

Negativ:

Was bedeutet Olivers Treffen mit Sabrina?

6

Sand, Eis und die Russen

Zwischen den beiden Wurstmarkt-Wochenenden gönnt Dürkheim sich ein paar freie Tage ohne blinkende Reitschulen. Dann hatten lediglich die Weinstände offen, und nur die Einheimischen trafen sich auf den einen oder anderen Schoppen …

An einem dieser Tage packte ich Hanna in ihren Buggy und machte mich in Richtung Wochenmarkt auf. Das klingt wie eine relativ einfach Übung – wenn Hanna brav sitzen bleiben würde. So deutete sie mit ihrem kleinen, nicht ganz sauberen Finger in Richtung des Festplatzes. Nur für den Fall, dass ich nicht wissen sollte, wo es sie eigentlich hinzog. Mit beruhigender, mütterlicher Stimme erklärte ich ihr, dass wir jetzt auf den Wochenmarkt gehen würden – und eben nicht zu den Karussells. Was hatte ich erwartet? Dass meine dreizehnmonatige Tochter verständig nickte und verstand, dass heute keine prima Fahrgeschäfte auf sie warteten?

Natürlich heulte sie los und rutschte mit entschlossener Miene aus ihrem Buggysitz, um so schnell es ging in Richtung Wurstmarkt zu laufen. Mit einem Aufschrei hechtete ich ihr hinterher und bekam sie am Ärmel zu fassen. Ich ignorierte ihr wütendes Protestgeheul, als ich sie im Buggy festschnallte – die Schnallen waren von einem weitblickenden Hersteller so schwergängig entworfen worden, dass Hanna sie mit ihren kleinen Fingern nicht bedienen konnte. Ich hoffte inständig, dass das noch lange so blieb!

Während mein Töchterchen also heulend an ihren Gurten zerrte, schubste ich den Buggy in Richtung Markt. Warum hatte ich in diesem Moment immer das Gefühl, die einzige Mutter der Welt zu sein, die ihr Kind nicht im Griff hatte? Ich versuchte, möglichst souverän zu lächeln.

Am ersten Marktstand deutete Hanna, immer noch schniefend, auf den Haufen Bananen. »Bane!«

Die Verkäuferin strahlte Hanna an und reichte ihr eine Banane. Konnte ich wenig dagegen haben, war ja gesund, aber irgendwie fühlte ich mich daraufhin verpflichtet, nicht nur einen Salat, sondern auch noch überteuerte Cocktailtomaten zu kaufen.

Danach zogen wir weiter in die Bäckerei. Ich kaufte Brezeln, meine Tochter schnorrte ein halbes Hefegebäck. Die Überreste von diesem Gebäck drückte sie mir großzügig in die Hand, als sie schließlich beim Metzger ein Stück Fleischwurst bekam. Ich bin mir sicher, mein Kind könnte seinen kompletten Kalorienbedarf aus dem Einzelhandel Dürkheims decken. Wenn wir von so einem Rundgang nach Hause kamen, war sie satt. Und ich sagte in jedem einzelnen Laden den immer gleichen Satz: »Wie sagt man da?« Hanna nuschelte dann immer zwischen halb zerkauten Bananen- oder Wurststückchen ein »Danke«. Immerhin.

Weil das Wetter aber wieder einmal sagenhaft war – so schön war der Herbst wirklich nur hier –, fuhr ich noch zum Kinderspielplatz. Hier fand ich eine schlanke Blondine, die gelassen zusah, wie ihr Einjähriger gerade den Sandkasten umgrub. Er war über und über mit Sand bedeckt – und ich fand das auf Anhieb sympathisch.

Ich befreite Hanna aus ihren Gurten und plumpste neben die Blondine auf die Bank. Hanna stapfte zu dem sandigen Jungen, bückte sich, nahm eine Hand voll Sand und streute sie ihm auf den Kopf. Ich sprang auf – aber die Blondine neben mir schüttelte nur den Kopf. »Das können die bestimmt unter sich ausmachen.«

Ich lächelte sie dankbar an. Warum nur waren diese Exemplare unter den Müttern so selten?

In dieser Sekunde tauchte der Gegenentwurf zu unseren glücklichen Schmuddelkindern auf. Die Mutter mit langen, offenen blonden Haaren, einer weißen Jacke und einem niedlichen Mädchen mit hellrosa Hose und weißer Daunenjacke. Dazu rosa Mütze und Handschuhe. Es herrschten noch etwa zwölf Grad – was wollte sie ihrem Kind anziehen, wenn das Thermometer unter null Grad sank? Ihr puppenhaft hübsches Kind, auf dessen blonde Locken ich sofort eifersüchtig wurde, machte sich ebenfalls in Richtung Sandkasten auf. Die Mutter lief eilfertig hinterher, Schäufelchen und Eimerchen (beides pink!) im Anschlag. Erst jetzt bemerkte ich die glitzernden Haarspängchen, die das blonde Prinzesschen in seinen Haaren trug. Wie viele Stunden verbrachte diese Mutter mit dem morgendlichen Styling ihrer Tochter? Wahrscheinlich mehr, als ich auf mich selbst verwandte. Leider.

Das Duo setzte sich gesittet auf den gemauerten Rand und schaufelte ein wenig Sand von links nach rechts. Mit Handschuhen!

In der gleichen Zeit matschten Hanna und der unbekannte Junge mit beiden Händen im leicht matschigen Sand. Ihre Kleidung war inzwischen sandfarben, ich fing an, ein Bad für Hanna zu planen. Erst jetzt richtete sich mein Töchterchen auf und betrachtete den Eimer des rosa-weißen Püppchens. Ich kannte diesen Blick, wollte aber den neuen Grundsatz von »Das können die untereinander ausmachen!« ausprobieren. Das erschien mir schließlich ein lohnenswerter pädagogischer Ansatz.

Hanna nahm den Eimer, die beraubte Prinzessin spielte friedlich weiter mit der Schaufel. Kein Problem. Ich atmete erleichtert wieder aus. Zu früh.

Die gepflegte Blondine – wann hatte ich meine Haare das letzte Mal offen getragen? – wandte sich zu mir um. »Ihr Sohn hat meiner Tochter den Eimer weggenommen.«

Ich nickte. »Ja, aber sie scheint ihn ja im Moment nicht zu vermissen.« Ich wandte mich meiner Tochter zu und benutzte den alten Trick: Ich sage etwas zu meinem Kind, meine aber in Wirklichkeit die doofe Schnecke. »Nicht wahr, Hanna, du gibst den Eimer dem Mädchen wieder, wenn du fertig gespielt hast?!«

»Aber diesen Eimer hat meine Lena-Amelie mitgebracht!« Der Ton der Frau wurde lauter. Leider war sie auf diese Weise auch für einen Moment von ihrer wunderschönen Tochter abgelenkt. Die rutschte sofort mit ihrem rosa Po von dem gemauerten Rand in den Sandkasten. Ganz in die Nähe der matschigen Kuhle, in der Hanna mit ihrem neu gefundenen Freund und dem geklauten Eimer so glücklich spielte. Lena-Amelie fing sogar an, ihren Eimer mit dem Matsch-Sand aufzufüllen. Die Kinder hatten offensichtlich kein Problem damit, zusammen zu spielen.

Im Gegensatz zu der schönen Mutter, die erst jetzt das Unheil bemerkte, das da seinen Lauf nahm. »Lena-Amelie, das ist ganz scheußlich! Komm sofort hierher, wir gehen nach Hause!«

Lena-Amelie sah uns nur aus ihren blassblauen Augen an und protestierte keine Sekunde, als sie von ihrer Mutter aus dem Sand gehoben und in den Buggy geschnallt wurde – und dann so schnell wie möglich den Spielplatz wieder verließ. Vorher nahm die Vorzeigeblondine noch mit einem hektischen Griff den rosa Eimer an sich, der halb gefüllt und verlassen im Sandkasten stand. Hanna und der Junge sahen verblüfft zu und beschäftigten sich dann wieder mit ihrer Matschkuhle.

»Wenn ich das mit Hanna gemacht hätte …«, murmelte ich. Um von der Frau neben mir den Satz vollendet zu hören: »… dann hätte ganz Dürkheim davon erfahren! Dafür hätte er gesorgt. Gut entwickelte Lungen …«

Wir grinsten uns mit dem tiefen Verständnis von

Müttern an, deren Kinder bereits einen ganz eigenen Willen entwickelt hatten. Ich streckte ihr die Hand entgegen. »Hallo, ich bin Alex!« Und mit einer Handbewegung in die Richtung meiner sandigen Tochter: »Und Hanna.«

Sie grinste. »Du hast es noch nicht gemerkt, aber wir sind Nachbarn − wir wohnen gegenüber. Monika und Wladimir.«

Mir entgleisten die Gesichtszüge. Nicht wegen der überraschenden Nachbarschaft. Sondern: »Wladimir? Ist dein Mann Russe?«

Die Frau wirkte doch sonst so vernünftig …

Sie schüttelte den Kopf. »Nein, der ist Pfälzer. Aber er ist Boxfan.«

»Dann hätte er ihn doch Max nennen können. Oder Henry«, versuchte ich einen matten Scherz.

Monika verzog keine Miene. »Er ist nicht nur Boxfan, sondern Klitschko-Fan. Also musste es Wladimir sein.« Sie sah auf ihren Bauch herunter. »Und das da wird Vitali.«

Bis zu diesem Augenblick war mir das Bäuchlein unter ihrer Jacke noch nicht aufgefallen − bei den meisten Müttern war so ein Bauch einfach noch übrig, und jede einzelne hoffte darauf, dass er irgendwann einmal wieder verschwinden würde. Wenn ich mir allerdings die Mütter vor der Grundschule so ansah, dann war das nur ein frommer Wunsch. Sie war also schwanger. Mit Vitali. Und mir verschlug es für einen kleinen Augenblick die Sprache. Als ich sie endlich wiederfand, brachte ich nur ein lahmes »Die beiden sind aber eng zusammen!« heraus.

Monika grinste wieder. »War ja auch nicht wirklich geplant. Aber als ich noch über die passende Verhütung nachdachte, da war Vitali auch schon unterwegs. Was soll's – so können die beiden wenigstens schön miteinander spielen!«

»Aber was machst du, wenn sie Boxen und russische Vornamen dämlich finden?« Wieder so eine Frage, die einfach unglaublich unhöflich war und mir ohne Nachdenken über die Lippen gerutscht war. Ich biss mir auf die Zunge. Zu spät, wie so oft. Aber Monika schien die Antwort auf diese Art Fragen schon auswendig gelernt zu haben.

»Ich kann mir nicht vorstellen, dass in fünfzehn Jahren noch jemand weiß, wie die Klitschko-Brüder mit Vornamen hießen. Dann wirkt das Ganze nur noch ein wenig exzentrisch. Oder so, als hätten die Eltern einen kleinen Russland-Tick gehabt. Sonst nichts.«

Damit erhob sie sich. »Ich muss jetzt weiter, würde mich freuen, wenn wir uns hier wiedersehen. Außerdem kannst du gerne auch mal bei uns vorbeischauen!«

Damit verschwand sie. Nach ein paar Minuten, in denen ich mir überlegte, ob Hanna vielleicht zu schlicht als Kindername war, packte auch ich meine müde Tochter wieder in den Buggy, in dem ein leicht angeschmuddelter Quaki auf sie wartete. Jetzt ließ sie willenlos alles mit sich geschehen, kaute auf der fast harten Brezel vom Vortag herum und wartete darauf, dass ich sie heimchauffierte. Was ich auch tat.

Der Weg führte quer durch die Innenstadt, die mich seit dem Umzug nach Bad Dürkheim an eine malerische Puppenstube erinnerte. Eine Puppenstube mit vielen schönen Straßencafés, die an diesem schönen Herbsttag allesamt gut besucht waren. Fröhlich vor mich hin summend schob ich mein Kind an all den Cafés vorbei und lächelte milde mit der Sonne um die Wette. Meine Tochter heulte nicht, war satt und müde und würde sicher bald zwei Stunden Mittagsschlaf machen – warum sollte ich auch nur eine Sekunde schlechter Laune sein?

Dann sah ich Oliver. Und einen Augenblick später Sabrina. An einem Tisch. Lachend, Kaffee trinkend, Eis essend. Konnte es sein, dass ich auf Hanna aufpasste, weil mein Herr Schriftsteller Zeit zum Dichten benötigte – und ich gerade herausfand, dass er diese Zeit verwendete, um mit seiner Exfrau zu flirten? In mir stieg die kalte Wut hoch.

Betont kühl schob ich den Kinderwagen mit der Brezel kauenden Hanna an den kleinen runden Tisch. Hanna krähte begeistert: »Papa da!«

»Ja, dein Papa trinkt gerade Kaffee!«, erklärte ich ihr mit meiner süßlichsten Stimme. »Und das da ist die Tante Sabrina!« Eigentlich war diese Bezeichnung als eine Beleidigung gedacht, aber leider lächelte die Frau, die ich nicht leiden konnte, Hanna gekonnt zu und kitzelte sie an den Oberschenkeln. »Schön, dass ich dich kennenlerne. Du musst Hanna sein. Von dir habe ich ja schon so viel gehört!«

Dann sah sie mich ebenso freundlich an. »Und Sie sind dann wohl Alex!«

Ich nickte. Zu viel Freundlichkeit erschlägt mich einfach.

Sabrina wandte sich wieder meinem Mann zu, der sich in dieser Sekunde einen großen Löffel Sahne von seinem Eis in den Mund schob. »Du weißt doch, wie ungesund das ist!«, ermahnte sie ihn mit strenger Stimme.

Abwartend sah ich Oliver an. Jetzt musste er sich doch wehren. Diese Frau redete mit ihm, als sei er ein kleines Kind! Aber mein sonst so redseliger Oliver schaufelte seelenruhig eine weitere Portion Sahne in sich hinein. Und Sabrina redete weiter. »So viel Zucker und Fett, das kann doch die ganze Darmflora kaputt machen …«

Hanna deutete jetzt auf den Eisbecher und erklärte mit bestimmter Stimme: »Haben!«

Ihr waren die Einwände von Sabrina offensichtlich egal – und damit lag sie voll und ganz auf meiner Wellenlänge. Entschlossen nahm ich Oliver den Löffel aus der Hand, zischte ihm noch ein »Willst du deiner Tochter denn gar nichts abgeben?« zu – wobei ich das »deiner Tochter« vielleicht einen Hauch zu sehr betonte – und gab Hanna einen Batzen Sahne. Sie schmeckte kurz, befand »Lecker!« und öffnete ihren Mund so weit es irgendwie ging. Ihr Signal, um zu zeigen, dass sie durchaus mehr von dieser weißen Masse essen würde.

Sabrina runzelte die Stirn. »Ist sie nicht etwas klein …« Dann brach sie ab. Ihr war offensichtlich selbst eingefallen, dass sie mir besser keine Erziehungsratschläge geben sollte. Ich grinste zufrieden.

Bis Sabrina in helles Gelächter ausbrach und Oliver ihr eine Hand auf den Arm legte. Ein bisschen viel plumpe Vertraulichkeit für meinen Geschmack. »Erinnerst du dich noch daran, wie wir mit den beiden Jungs im Holiday Park waren? Und du fest entschlossen warst, dass sie auf keinen Fall irgendwelche Scheußlichkeiten wie pinkes Softeis essen sollten?«

Oliver fiel in ihr Gelächter ein. Verräter.

»Am Schluss habe ich es nicht nur gekauft, sondern auch noch selber essen müssen ...«

Ich verzog mein Gesicht zu einem schmallippigen Lächeln. Schließlich wollte ich neben dieser gut gelaunten und entspannten Frau nicht die Zicke aus München sein, die gänzlich humorlos ist und sich nicht klargemacht hat, dass acht Jahre Ehe auch ein paar gemeinsame Erinnerungen hinterlassen. Sollte sich jemand über die »Jungs« wundern: Die waren nicht von Oliver, sondern von seinem Vorgänger. Ein Hoch auf die modernen Biographien: ein wahres Wunderwerk von unübersichtlichen Flickenteppichen!

Inmitten dieser guten Laune bekam Hanna einen leicht glasigen Blick sowie einen roten Kopf und verkündete dann – gut hörbar für den Rest des Cafés: »Aa drin!« Um im gleichen Augenblick heftig loszuheulen. Sie hasste schmutzige Windeln – und ich hatte keine frischen dabei.

Als ich Oliver kurz ansah, deutete er auf die Tasse Kaffee und den Rest von seinem Eis. »Könntest du ...?«

Die Menge an Verwünschungen, mit denen ich

ihn innerlich bedachte, standen im direkten Gegensatz zu meinem freundlichen Lächeln, als ich mich erhob, Hanna wieder in ihren Buggy drückte und mit einem entschuldigenden »Ich muss dann mal los« das Feld räumte.

Ich war noch keine zwanzig Meter entfernt, als ich Hanna leise anknurrte. »Mieses Timing, Liebling! Jetzt sitzt dein Vater mit seiner perfekten Exfrau weiter im Café, und ich muss Frondienste am Wickeltisch verrichten. Was, wenn er feststellt, dass das Leben an Sabrinas Seite doch viel schöner und aufregender war? Dann ist alles deine Schuld, mein liebes Kind.«

Hanna jammerte unbeirrt weiter. Sie wollte eine saubere Windel, da konnte sie sich nicht auch noch um die Ehe ihrer Eltern kümmern. Recht hatte sie.

 Ich-Barometer

Positiv:

Meine Tochter frisst sich durch, macht sich neue Feinde und Freunde …

Negativ:

… und mein Ehemann verfällt seiner Exfrau!

7

Mein Albtraum heißt Sabrina

»Aber wir haben uns nur zufällig getroffen!«

Oliver sah mich verdattert an. In meinem Zorn konnte mich eine derart harmlose Erklärung allerdings nicht mehr bremsen.

»Bisschen viel Zufall auf einmal«, zischte ich. »Vor ein paar Tagen zufällig auf dem Wurstmarkt, jetzt lauft ihr euch auf dem Stadtplatz in die Arme – und jedes Mal überkommt dich sofort das Bedürfnis, mit ihr zusammenzusitzen und ein bisschen über alte Zeiten zu reden. Ist die Gegenwart denn so schlimm?«

Etwas überrascht sah mich Oliver an. »Nein …«

Weiter ließ ich ihn gar nicht erst zu Wort kommen. »Es wird nicht mehr lange dauern, und sie lädt dich auch zu einem kleinen Kaffeeklatsch zu sich nach Hause ein. Wundern würde mich das nicht. Ihr habt ja so viel gemeinsame Vergangenheit aufzuarbeiten. Und die Ernährungstipps von Sabrina scheinen dich nicht einmal zu stören. Stell dir vor, ich würde dir plötzlich erzählen, was du zu tun oder zu lassen hast.«

»Ich bin ja auch froh …« Oliver durfte heute keinen seiner Sätze beenden. Zumindest nicht in meiner Gegenwart.

»Weißt du eigentlich, dass ich stundenlang auf dem Kinderspielplatz herumhänge und mich mit anderen Müttern über die richtige Windelmarke austausche, nur damit du ungestört an deinem Computer sitzen kannst und dein neuer Krimi wieder ein Meisterwerk wird?«

Ich musste ja nicht unbedingt erwähnen, dass ich mit Monika durchaus meinen Spaß gehabt hatte und wir uns sicher demnächst wieder treffen würden.

»Mir ist nichts eingefallen, da habe ich einen kleinen Spaziergang ...« Oliver versuchte sich weiterhin an der Sache mit dem kompletten Satz; mir war das immer noch egal.

»Kannst du dann künftig zu deinen Inspirations-Spaziergängen Hanna mitnehmen? Sie ist eine wunderbare Zuhörerin und wirft hin und wieder sehr anregende Sätze über den Zustand ihrer Windel in die Runde. Danach werden dir die Wortbeiträge für deinen Kommissar nur so aus der Feder fließen — oder in die Tastatur, sollte ich vielleicht sagen. Und ich könnte mir in der Zwischenzeit für Mr. Squid etwas Knackigeres als ›Genuss aus der Kälte‹ einfallen lassen. Geht das?«

»Du warst doch schon weg, als ich ein bisschen frische Luft schnappen wollte, wie hätte ich denn da ...« Ich wollte Oliver schon wieder ins Wort fallen, aber dieses Mal wehrte er sich. »... wie sollte ich da Hanna mitnehmen? Kannst du mir das mal erklären?«

Mein sonst so sanftmütiger Mann wurde allmählich lauter. Nicht ganz so schlimm wie bei dem Apfelkuchen-Desaster, aber er war nicht weit davon entfernt.

Mir gingen die vernünftigen Argumente aus. Also versuchte ich es mit den unvernünftigen. »Schön, dass du direkt nach dem Wurstmarkt wieder auf Lesereise gehst. Ein bisschen deinen Fans von den Abenteuern deines Pfälzer Kommissars vorlesen kannst, während ich hier mit Hanna weiter versauere und schon wieder nicht zum Arbeiten komme!«

Eigentlich hätte ich Oliver gut genug kennen müssen, um zu wissen, dass er bei ungerechten Argumenten wie diesen die Fassung zu verlieren drohte.

»Wir haben gemeinsam beschlossen, dass ich wieder eine Lesereise machen muss! In Norddeutschland war ich nicht mehr unterwegs seit der Geburt von Hanna, das ist über ein Jahr her. Inzwischen gibt es ein neues Buch – und wir waren uns einig, dass ich etwas für den Verkauf tun muss. Außerdem ist die Leserei gut bezahlt!«

Für alle, die mit den Gebräuchen von Verlagen und Autoren nicht ganz so vertraut sind: Autoren schreiben nicht nur, sondern lesen auch vor. Meistens in den Buchhandlungen von Kleinkleckersdorf vor der intellektuellen Elite des Ortes. Auf diese Art und Weise erarbeitet sich ein ordentlicher Autor eine Stammleserschaft – außerdem erhält er für ein Stündchen Vorlesearbeit ein ganz ordentliches Zubrot. Kurz gesagt: Für einen hauptberuflichen Buchautor wie meinen Gatten sind Lesereisen unerlässlich. Und ich muss zugeben, dass ich ihm zu der

Reise, die er da für die nächsten beiden Wochen plante, sogar ausdrücklich geraten hatte. Daran wollte ich mich nur im Moment nicht mehr erinnern.

Bevor ich allerdings Oliver eine passende Antwort geben konnte, fing Hanna an zu heulen. Die hatte bis zu diesem Zeitpunkt friedlich im Nachbarzimmer vor sich hin gespielt. Mit der Ruhe hatte es jetzt ein Ende.

Beruhigend nahm ich sie in die Arme – und ahnte sofort, was da passiert war. Sie stank. Und so, wie sie jammerte, hatte sie auch Bauchweh. Die Rache der Sahne. Bloß weil ich Sabrina irgendetwas hatte beweisen wollen, hatte mein Baby jetzt einen verdorbenen Magen. Wütend auf mich selbst nahm ich Hanna in den Arm und brachte sie in ihr Zimmer. Mit einer neuen Windel und einem angewärmten Kirschkernkissen auf dem Bauch würde es ihr sicher bald besser gehen. Was hatten eigentlich unsere Mütter ohne diese Kissen getan? Soweit ich mich erinnern kann, kamen diese Dinger erst mit der Öko-Bewegung in den Achtzigerjahren auf. Bis heute stelle ich mir immer noch vor, dass irgendwo Menschen sitzen, Kirschen essen und eisern jeden Kirschkern ablutschen, um damit diese Kissen zu füllen. Dabei sind die Kirschkernkissen in Wirklichkeit ein Abfallprodukt von Mon Chéri. Nehme ich mal an.

Hanna kuschelte sich auf jeden Fall mit ihrem warmen Kissen in ihr Bett und schlief ohne weiteren Protest ein. Und ich blieb lieber in ihrem Zimmer sitzen und sah ihr beim Schlafen zu, als dass ich mich noch einmal in den Streit mit meinem Mann geworfen hätte.

Ich muss dabei eingedöst sein, denn irgendwann hörte ich seine Schritte auf der Treppe, als er in unser Schlafzimmer ging. Ich folgte ihm erst, als ich sicher sein konnte, dass er eingeschlafen war.

Die nächsten Tage tobte wieder der Wurstmarkt durch Dürkheim. Tagsüber verprasste Oliver mit seiner Tochter auf dem Schoß unser Geld beim Kindersportkarussell, Abends probierte er die Riesling-Schorlen der verschiedenen Winzer. Ich bin mir sicher, dass er Sabrina erneut traf – aber Oliver hatte inzwischen dazugelernt und erzählte mir nicht mehr davon. Und nach einem guten Jahr, das ich inzwischen in der Stadt wohnte, hatte ich noch nicht genügend Freunde, die mir erzählen würden, mit wem er sich rumgetrieben hatte.

Wir benahmen uns einfach so, als wäre nichts passiert, und vermieden zunächst einmal Gespräche generell. Zu meinem Ärger vertrug Hanna die Zuckerwatte vom Wurstmarkt sehr viel besser als die Sahne, die ich ihr im Beisein von Sabrina eingeflößt hatte. So konnte ich meinem Gatten nicht einmal entgegenschleudern, dass er schließlich auch keine Rücksicht auf die Gesundheit unserer Tochter nahm. Beim Abschlussfeuerwerk des diesjährigen Wurstmarktes wollte Oliver mich nicht dabeihaben. Während ganz Dürkheim in Richtung Volksfest strömte, sah ich aus dem Fenster. Oliver war schon vor Stunden mit der Bemerkung »Da machst du dir sowieso nichts draus!« verschwunden. Womit er irgendwie recht hatte – aber ich wäre schon gerne gefragt worden, um ihm das selbst zu sagen …

Am nächsten Morgen packte er seine Sachen und ging. Nicht ohne mich noch einmal fest in den Arm zu nehmen. »Ich liebe dich«, flüsterte er mir in die Haare, dann verschwand der klapprige Passat um die Ecke. Vierzehn Tage ohne Oliver standen mir bevor. Ob er wohl während seiner Lesereise mit Sabrina telefonieren würde? Eifersucht ist etwas Schreckliches, und ich hatte bis zu diesem Zeitpunkt auch steif und fest behauptet, dass ich dafür nicht besonders anfällig war. So eine emanzipierte Frau wie ich machte sich doch nicht wegen eines Mannes zum Affen! Offensichtlich doch … Vielleicht reiste sie ihm ja sogar nach? Vor meinem inneren Auge tauchten romantische Landgasthöfe in der Holsteinischen Schweiz auf, in denen Oliver nach getaner Arbeit mit Sabrina essen ging, plaudernd über alte Zeiten, sich und seinen Treueschwur allmählich vergessend, während ich nur in dreckigen Windeln wühlte …

Ich versank in Selbstmitleid, noch bevor der erste Tag ohne Oliver zu Ende war.

Zum Glück war in den nächsten Tagen ein Trip nach München fällig. Vielleicht war es ja allerhöchste Zeit, mich mal wieder mit einem meiner Exfreunde zu treffen. Falls ich in einem meiner alten Notizbücher noch die Telefonnummer finden würde.

Im Kleinkindabteil, das ich mit meinem neu erworbenen Wissen über die Tricks der Internetbuchung ergattert hatte, erwartete mich eine Frau Mitte dreißig mit langem, offenem Haar, einer wollweißen Bluse und einem Säugling, der gerade einen Snack an ihrer Brust nahm. Ein Dreijähriger sah interessiert zu. Ich ging einfach mal davon aus, dass es sich um den älteren Sohn handelte, nickte ihr freundlich zu und setzte mich mit Hanna auf die beiden freien Plätze. Den Buggy stellte ich einfach nebenan in das halbleere Erste-Klasse-Abteil. Die Geschäftsleute sahen mir allesamt nicht so aus, als ob sie einen herrenlosen Buggy klauen würden.

Hanna sah der Stillerei nur kurz zu, dann öffnete sie mit einem energischen Ruck den Klettverschluss der Windeltasche. Ein langer, neugieriger Blick – und schon zog sie die rot-gelbe Tüte des Dürkheimer Bäckers aus der Tasche. Sekunden später kaute sie ihre Brezel. Der Dreijährige fand die Stillerei seiner Mutter sofort nicht mehr so spannend, sondern näherte sich mit verlangendem Blick meiner Tochter. Vorsichtig hob er die Hand, als Hanna ihm bereitwillig ein Stück von ihrer Brezel abbrach und reichte. Zentimeter vom Zugreifen entfernt, ertönte die dunkle, beruhigende Stimme seiner Mutter. »Wir essen kein Weißmehl, nicht wahr, mein Schatz? Ich habe dir doch deine Dinkelstangen mitgebracht!«

Und schon landete in den ausgestreckten Fingern des Jungen eine staubig aussehende Stange mit drei abgezählten Salzkrümeln daran.

Hanna zog ihre Hand wieder zurück und steckte sich mit Genuss das nächste Stück Brezel in den Mund. Der Junge sah verlangend hinterher und biss

ohne großen Enthusiasmus von seinem Dinkel-
gebäck ab. Den Rest der Stange zerkrümelte er zwischen den Fingern. Seine Mutter sah zum Glück
nicht zu – sie sah das Baby an ihrer Brust mit ma-
donnenhaftem Lächeln an. Es verging eine Weile,
dann dockte das Kind ab und richtete sich auf. Es
war ungefähr so alt wie Hanna.

Ich stellte mir die Vielzahl von Zähnen meiner
Tochter in der Nähe meiner Brustwarzen vor und
bemühte mich um ein neutrales Gesicht. Wer wie
lange stillte, war schließlich nicht mein Problem –
Hauptsache, ich war meine Stelle als Hannas persön-
liche Milchkuh los.

Die Dunkelhaarige ordnete ihren BH, zog ihre
Bluse vor die Brust und lächelte mich an. »Es gibt
einfach nichts Besseres für die Kleinen!«

Ich hatte in den letzten zwölf Monaten genug
gelernt, um keine Grundsatzdiskussion über die Stillerei zu führen. Stattdessen ein unverbindliches Lächeln und einen matten Scherz. »So lange sie nicht
beißt.«

Die Dunkelhaarige lachte, als ob sie von diesen
Bedenken noch nie gehört hätte. »Das würde sie doch
nie machen. Da sind uralte Instinkte am Werk …«

Hanna hatte sich jetzt ihre Brezel vollends in den
Mund geschoben. Ich gab ihr ein quäkendes Kin-
der-Handy, das hinter jedem Knopf ein anderes
Tiergeräusch verborgen hatte. Hanna setzte sich
damit beglückt auf den Boden, drückte sämtliche
Knöpfe und lauschte dem Gequäke und Gewiehere
an ihrem Ohr.

Bis sie das Bilderbuch des Jungen erblickte, das völlig unbeachtet auf einem Sitz lag. Zwei zögernde Schritte. Die Dunkelhaarige lächelte mütterlich. »Sicher, du darfst dir das Buch gerne von Benjamin ausleihen! Das ist ja auch viel toller als dein Plastik-Telefon.«

Ich blieb bei meinem unverbindlichen Lächeln. Genau so ein Satz war meine Lieblingsvariante von »Ich würge der anderen Mutter eins rein, aber tu so, als würde ich mit meinem Kind reden«.

Aber ich war fest entschlossen, dieses Mal meinen Frieden in dem Kinderabteil zu finden. Und Benjamin war auf meiner Seite. Er sah Hanna nur kurz bei der Lektüre des pädagogisch wertvollen Pappbilderbuches mit Klappen zu – und schnappte sich dann das Plastik-Handy. Presste es routiniert an sein Ohr und lief laut »Hallo« brüllend im Abteil hin und her. Seine Mutter sah ihm einen Moment lang konsterniert zu.

Ich lächelte beruhigend. »Das ist kein Problem, die Hanna leiht dir gerne ihr Telefon, nicht wahr, Benjamin?«

Hanna war ihr Telefon egal. Hinter einer Klappe hatte sie ein Gespenst entdeckt und betrachtete es fasziniert. Ich konnte meinen boshaften Charakter nicht im Zaum halten und beugte mich vor. »Nein, mein Schatz, davor musst du keine Angst haben. Das ist ein Gespenst, ein Aberglaube aus einer düsteren Zeit; damit hat man früher Kindern einen Schrecken eingejagt.«

Dazu meine süßlichste Stimme. Die Dunkelhaarige konnte nichts sagen. Ihr Sohn telefonierte. Mein Triumph war perfekt.

Für etwa eine Sekunde.

Dann ließ Hanna von dem Buch ab und fing an, auf dem Boden die Dinkelkrümel zusammenzusammeln und zu essen. »Hanna ...«, fing ich an – und brach dann ab. Es ergab keinen Sinn.

Wenn ich wollte, dass sie hygienisch aufwuchs, dann durfte ich nicht Zug fahren. Und um jeden einzelnen Krümel einen Aufstand zu machen, war einfach zu anstrengend.

Die Müsli-Mutter kramte aus ihrer Tasche eine große graue Wolldecke, die sie über den Teil des Bodens legte, auf dem Hanna nicht saß. »Benjamin, bleib am besten auf deiner Decke, ich gebe dir auch noch einen Apfel!«, erklärte sie dazu und öffnete ein Tupperdöschen mit bräunlich verfärbten Apfelschnitzen. Die Dinger waren wahrscheinlich sehr Bio und noch gesünder – aber sie waren seit Berlin unterwegs und hatten dabei offensichtlich einiges an Gerumpel überleben müssen. Benjamin schüttelte den Kopf und deutete auf Hanna.

Die hatte sich längst von den Dinkelkrümeln auf dem Boden verabschiedet. In meiner unerschöpflichen Windeltasche hatte sie eine kleine Tüte Gummibärchen gefunden. Sie reichte mir ihren Schatz. »Helfen!«

Mein erzieherischer Ansatz erschöpfte sich darin, sie zu ermahnen. »Wie sagt man da?!«

»Bitte!« So wie Hanna das sagte, hätte es auch ein Befehl sein können. Aber die Form war gewahrt.

Ich öffnete die kleine Tüte, und Hanna fing an, sich die bunten Dinger in den Mund zu stopfen. Das war auch der Augenblick, in dem die Tür mit viel Schwung geöffnet wurde und einer der Herren im dunkelblauen Anzug mit den schicken roten Streifen hereinmarschierte. Er vermied es, auf die Wolldecke zu steigen, und strahlte die Kinder an. »Mögt ihr eigentlich Kuchen?!«

Hanna nickte, während sie noch auf den Gummibärchen herumkaute. Und schon zauberte der nette Herr Schaffner ein eingeschweißtes Stückchen Bahlsen-Kuchen aus seiner Tasche hervor. Jedes der Kinder bekam eins, dazu noch eine »Kinder-Fahrkarte«.

Damit vergaß der Herr, unsere Karten zu kontrollieren und verschwand wieder. Hanna kaute jetzt Schokoladenkuchen, die Dinkel-Mutter sah verzweifelt ihren Benjamin an, der an der Verpackung von seinem Kuchen zupfte und sie nicht aufbekam. »Aber das ist doch viel zu viel Zucker, mein Schatz. Dann kannst du wieder nicht schlafen und weinst den ganzen Abend. Das willst du doch nicht, mein Schatz. Oder?«

Schatz wollte. Und zwar unbedingt. Der Abendschlaf war ihm an diesem Nachmittag ganz offensichtlich egal. Mit festem Griff entwand ihm seine Mutter den Kuchen und versenkte ihn in ihrer Tasche. Benjamin fing an zu brüllen.

Sie lächelte mich entschuldigend an. »So schlimm ist die Sucht nach raffiniertem Zucker – da sehen Sie, was das mit den Kleinen macht.«

Ich sah Hanna an, die mich in diesem Augenblick aus einem mit Schokokuchenkrümeln verschmierten Gesicht anlächelte. »Meine Tochter kommt prima mit Zucker zurecht!«, stellte ich nur fest.

»Ja, aber wenn sie einmal auf Entzug ist ...«, erklärte mir Dinkel-Mutti mit geduldiger Miene.

»Ach, da sorge ich schon dafür, dass das nicht passiert!«, strahlte ich zurück. Hin und wieder sollte man sich einfach hinter seiner Dummheit verstecken. Damit vermied ich an diesem Nachmittag wenigstens die ausgiebige Diskussion über die Gefahren von raffiniertem Zucker.

Dinkel-Mutti sah seufzend aus dem Fenster, ich las eine quietschbunte Frauenzeitschrift, und Hanna spielte beglückt mit der Wolldecke und Benjamin Verstecken. Eine halbe Stunde lang herrschte im Kleinkindabteil der reine Frieden.

Bis plötzlich eine übel riechende Wolke durch das Abteil zog. Eine Schnüffelprobe sagte mir, dass Hanna völlig unschuldig war. Benjamin rannte dagegen zu seiner Mutter und erklärte ihr: »Windel voll!«

So weit, so in Ordnung. Die Toilette neben dem Kleinkindabteil verfügte über einen ausklappbaren Wickeltisch, und nachdem diese Toilette auch für Behinderte ausgerichtet war, hatte man sogar Bewegungsfreiheit. Dieses Insiderwissen hatte sich noch nicht in den Kreisen von Dinkel-Mutti herumgesprochen. Statt das Abteil zu verlassen, räumte sie routiniert die Spiel- und Esssachen vom Tisch, drapierte ihre Wolldecke darauf und hob dann Benjamin hinterher.

Erst in dieser Sekunde wurde mir klar, was sie plante. »Aber, nebenan ist ein Wickeltisch!«, entfuhr es mir. In der Hoffnung, das Unheil doch noch abwenden zu können. Dinkel-Mutti schüttelte energisch den Kopf. »Ich würde mein Baby doch nie auf einer Zugtoilette wickeln, das ist doch total unhygienisch!«, erklärte sie mir. Um mit einem geübten Handgriff die Stoffwindel von Benjamins schmalen Kinderhüften zu reißen.

Ich möchte hier nicht weiter in die Details gehen – aber die letzten Kilometer unserer Reise zwischen Augsburg und München verbrachten Hanna und ich im Gang und im Bistro. So hartgesotten gegenüber allen Dingen, die mit Kindern zu tun haben, bin ich dann doch nicht …

Ich-Barometer

Positiv:

Was soll in den letzten Tag gut gewesen sein? Ich habe Streit mit Oliver, dann ist nichts mehr gut!

Negativ:

Ich bin eifersüchtig! Und wie! Außerdem erlebe ich neue Abenteuer im Kinderabteil.

8

Grüße vom Planeten Mama

In München holte mich meine Mutter vom Bahnhof ab und begrüßte wieder einmal so gut wie ausschließlich meine Tochter – wir waren schon fast vor der Haustür in einem Münchner Vorort, als sie sich das erste Mal zu mir umdrehte. »Und – wie geht es dir so? Immer noch das reine Glück an der Weinstraße?«

Ich nickte – nicht ganz wahrheitsgemäß – und erklärte dazu: »Sicher – wenn Oliver seine Ex ein bisschen weniger sehen würde, fände ich die Welt noch großartiger. Aber ich habe ja gewusst, dass ich einen Gebrauchtmann übernommen habe.«

»Und was wird aus eurem geplanten Umzug nach München?«, forschte sie weiter nach.

»Unerschwinglich. Wenn Olivers nächstes Buch nicht in zwanzig Länder verkauft wird, dann müssen wir wohl weiter unseren Palazzo in der Pfalz bewohnen.« Ich bemühte mich sehr, das möglichst leichthin zu sagen.

Meine Mutter kannte mich allerdings zu gut. Sie sah mich nur forschend an und nickte. Den Rest des Abends plauderten wir dann lieber über Belangloses. Über die Tante, die jetzt endgültig zu dick geworden war, und die Kusine, die doch noch ein viertes

Kind bekam. Was würden wir nur zu reden haben, wenn es die Großfamilie nicht gäbe?

Die nächsten beiden Tage waren Erholung pur. Ich verbrachte sie vom frühen Morgen bis zum Abend an meinem Schreibtisch. Hanna spielte bestens betreut bei ihrer Oma, und ich durfte mich ohne Unterbrechung um Mr. Squid und seine Calamari-Ringe kümmern. Fast hätte ich vor mich hin gesungen, während ich mir Slogans ausdachte wie »Das Meer in der Tüte – eine runde Sache!« und Grafiker mit Ideen befeuerte. Nicki sah mich irgendwann über den Rand ihres Computerbildschirms an. »Darf ich fragen, warum du so gut gelaunt bist?«

Ich grinste. »Endlich darf ich arbeiten, ohne dass ich ständig unterbrochen werde. Ein echter Traum ...«

»Du musst über das Verhältnis mit deiner Tochter nachdenken, wenn du plötzlich ein paar Tage im Büro als Urlaub empfindest«, schüttelte sie den Kopf. »Aber wenn du schon dabei bist, deine Freiheit zu genießen: Funktioniert deine Mutter auch am Abend als Babysitter?«

»Ja!«, strahlte ich und schielte auf die Uhr. »Hanna ist jetzt schon seit einer halben Stunde im Bett. Meine Mutter bewacht gerne das Babyfon, bis ich nach Hause komme.«

»Na, dann ...« Nicki schob ihren Schreibtischstuhl nach hinten. »Ich würde sagen, wir gehen endlich einmal gemütlich zusammen essen. Ein paar von den Mädels haben sicher Zeit.«

»Die Mädels« – das waren vier oder fünf Marketingfrauen aus München. Wir hatten uns immer im Abstand von ein paar Wochen getroffen, um feine Restaurants auszutesten und anschließend nachzuprüfen, ob in München die Sache mit der Sperrstunde tatsächlich noch ernst genommen wurde.

Begeistert sprang ich auf. »Ja, los geht's!«

Vier Stunden, drei Gänge und zwei Weißbier später versuchte ich verzweifelt, ein Gähnen zu unterdrücken. Es war erst kurz nach elf, und jede einzelne Zelle in mir wollte nur noch ins Bett. Die anderen fünf Frauen am Tisch wurden gerade erst wach. Sie hatten mich die letzte Stunde über die Freuden des verheirateten Lebens ausgefragt, ich hatte über Olivers Ex gejammert und endlich die entsprechende Reaktion erhalten, die irgendwo zwischen »Lass dich nicht verarschen!« und »Nimmst du das nicht zu ernst?« lag.

Und jetzt wollten alle noch auf den einen oder anderen Absacker in eine neue Kneipe irgendwo am Ostbahnhof. Mein müdes Hirn erklärte mir, dass ich sicher beim nächsten Schluck Alkohol bewusstlos von meinem Stuhl sinken würde – und dass der Ostbahnhof von dem Vorort im Münchner Westen, in dem meine Eltern lebten, viel zu weit entfernt lag.

Ich stand auf und lächelte entschuldigend in die Runde. »Leider schläft Hanna immer noch nicht durch, ich hoffe, ihr versteht, dass ich jetzt wirklich ins Bett muss … «

Durchschlafen war offensichtlich ein Begriff, der im Leben dieser kinderlosen Frauen keine Bedeutung hatte. Sie sahen mich nur verblüfft an.

Eine runzelte ihre perfekt gezupften Brauen. »Du stillst noch?«

Ihr Blick wanderte zu meinem Ausschnitt, der zugegebenermaßen seit Hannas Geburt etwas üppiger bestückt war. Meine Körbchengröße war nach den Monaten des Stillens nie wieder auf normal zurückgeschrumpft. Wobei ich »B« immer als normal betrachtet habe …

Ungeduldig schüttelte ich den Kopf. »Nein, abgestillt habe ich schon vor Monaten. Das ändert aber nichts daran, dass Hanna immer noch nachts etwas essen möchte. Es ist nur nicht mehr die hausgemachte Milch, sondern eine von Herrn Hipp. Was den Nachteil mit sich bringt, dass ich jetzt auch noch Wasser heißmachen muss.«

Weiter verständnislose Blicke. »Das könnte doch auch deine Mutter …«

Ich seufzte. Mit der Geburt war ich auf einen anderen Planeten ausgewandert. Man sah es mir nicht an, aber ich war zu einem Alien im Kosmos der Münchner Partyfreunde geworden.

»So einfach ist das nicht!«, erklärte ich schließlich, sparte mir längere Erklärungen – und verschwand winkend in Richtung Ausgang. Nicki erklärte mir am nächsten Morgen, als sie drei Stunden nach mir im Büro aufkreuzte, dass sie noch zwei (oder drei?) Superlocations gefunden hätten. Mir war als Location das Bett meiner Tochter aufregend genug gewesen …

In den nächsten Tagen lenkte ich mich mit reichlich Arbeit von meinem Ärger mit Oliver ab – und musste darüber hinaus lernen, dass Hanna sich gerne und ohne Probleme ein oder zwei Mal von ihrer Oma ins Bett bringen ließ. Beim dritten Mal fing sie jedoch an zu schluchzen. Es war noch nicht einmal sieben, als meine Mutter mit einem leicht entnervten Unterton in der Stimme anrief und mich nach Hause beorderte.

»Ich glaube nicht, dass deine Tochter heute ohne dich schlafen kann!«, war ihre schlichte Begründung.

Ich verließ Mr. Squids Calamari-Ringe (»so kross wie ein Eisberg!«) – und kehrte zu einer Portion Babytrösten zurück. Hanna hatte bei meiner Mutter die Teletubbies für sich entdeckt: eine alte Videokassette, die friedlich vor sich hin staubte. Bis meine Mutter sich daran erinnerte, dass diese netten bunten Gesellen auf die Kinder der Nachbarschaft eine hypnotisch-narkotisierende Wirkung gehabt hatten. Und die Kassette in den alten Videorekorder schob.

Damit war für Hanna klar, dass bei Oma ein bisschen »Laa-Laa sucht seinen Ball!« oder »Po fährt mit dem Roller!« zum festen Programm gehörte.

An diesem Abend hatte ich für meinen Teil allerdings meinen ersten Kontakt mit dieser Welt. Nach zehn Minuten mit der Suche nach Bällen und Rollern konnte mich nur noch der Anblick meiner friedlich staunenden Tochter trösten. Das war also das Programm für die Kleinsten? Bunte, rundliche Wesen, die mich mit einem »A-Oh« begrüßten – ich brauchte einige Zeit, um darauf zu kommen, dass es sich dabei um ein Hallo handelte. Am Anfang meiner Besuche in München hatte ich mir fest vorgenommen, meine Mutter auf keinen Fall wegen ihrer Erziehung oder Behandlung von Hanna zu kritisieren. Wenn meine Tochter einmal im Monat eine komplette Kinderschokolade vertilgte, würde ihr das sicher nicht in ihrer Entwicklung schaden. Bei dem Konsum von Teletubbies war ich mir da schon nicht mehr so sicher.

Nach einer gefühlten Stunde betrat mein Vater das Wohnzimmer. »Gleich spielt Bayern!«, erklärte er und ließ sich auf seinen Schaukelstuhl fallen. Damit schaltete er um.

Hanna sah nur für den Bruchteil einer Sekunde das Interview vor dem Anpfiff in der Champions League. Dann brach sie in Tränen aus.

Ich grinste meinen Vater an. »Wenn es Kaiserslautern wäre … aber so kannst du von deiner Pfälzer Enkelin keine Rücksicht erwarten.«

Mein Vater sah auf die Fernbedienung in seiner Hand und auf seine von Sekunde zu Sekunde hysterischer werdende Enkelin. Dann erhob er sich mit einem Seufzer und drückte mir die Fernbedienung in die Hand.

»Ich habe ja noch den kleinen Fernseher an meinem Bett«, murmelte er und verschwand wieder in das obere Stockwerk. Beim Anblick der Teletubbies stellte Hanna ihr Gebrüll ab, als hätte man einen Kippschalter betätigt. Sie ließ sich befriedigt wieder auf ihr Kissen fallen und sah weiter mit offenstehendem Mund dem Treiben im Teletubby-Land zu. Meine Mutter lächelte mich an.

»Wenn du willst, kannst du die Kassette gerne mit nach Hause nehmen!«

Ich wurde ein bisschen bleich und machte eine abwehrende Handbewegung. »Lass nur. Sie soll ruhig etwas Besonderes hier haben! Außerdem … haben wir keinen Videorekorder mehr!«

Meine Mutter nickte nur. Ich habe den Verdacht, sie ahnte, dass ich diesen Kram auf gar keinen Fall in meinem Haus sehen wollte. Es mochte ja sein, dass man als Mutter plötzlich viel Schwachsinn zu ertragen hatte. Aber Teletubbies – das war dann doch ein bisschen viel …

Das Wochenende kam, und ich fuhr wieder nach Hause. Von Oliver hatte ich die ganze Zeit nichts gehört. Er konnte mindestens genauso gut beleidigt schweigen wie ich. Oder Sabrina hatte ihm nicht einmal Zeit gelassen, um sich bei mir wenigstens nach dem Befinden von Hanna zu erkundigen. Macht nichts. Ich war wild entschlossen, mir nichts anmerken zu lassen.

Im Kleinkindabteil fand ich dieses Mal drei konzentriert arbeitende Geschäftsleute vor. Alle mit einem aufgeklappten Laptop auf dem großen Tisch, die Aktentaschen auf den Stühlen neben sich platziert.

Klare Sache: Die drei waren von dem geräumigen Abteil angezogen worden. Und nachdem die Deutsche Bahn es leider versäumt hatte, meine Reservierung auf das Digital-Display zu zaubern, ahnten sie nichts von mir und Hanna.

Ich riss die Tür schwungvoll auf und schob Buggy,

Hanna, meine drei Taschen und mich in das Abteil. Sechs fragende Augen richteten sich auf mich.

»Tut mir leid, das hier ist das Kleinkindabteil!«, verkündete ich fröhlich. »Und glauben Sie mir: Hier wollen Sie nicht sein! Spätestens bis Stuttgart watet man in diesem Abteil knöcheltief in Krümeln, ist der Tisch mit Kunstwerken von Zweijährigen bedeckt, und der Geruch von vollen Windeln wabert als grüngelbe Wolke durch die Ritzen.«

Meine Rede hatte Erfolg. Keiner verteidigte seinen Platz am Fenster, jeder stand auf und flüchtete. Ich beneidete sie. Ein sauberes Abteil, Ruhe und dazu friedliches Arbeiten.

Mir standen drei Stunden im Nahkampf mit Hanna und ihren Kleinkind-Kolleginnen bevor.

Bis Augsburg genossen wir noch die Einsamkeit – dann kam Sühela. Eine quirlige, aufgeweckte Zwanzigjährige mit langen schwarzen Locken und dem ebenso wachen Aladdin. Ihr Dialekt ließ keinen Zweifel: Reinstes Mannheim. Die Migration dieser Familie lag sicher schon zwei oder drei Generationen hinter ihr.

Sie gab Aladdin eine komplette Tüte Gummibärchen und machte es sich auf den Polstern gemütlich.

»Wie heißt deine Tochter?« So fingen viele Gespräche an.

»Hanna«, erklärte ich.

»Mein Sohn heißt Aladdin. Er ist manchmal schrecklich, aber meine Schwiegermutter sagt, Jungs müssen so sein. Ich hoffe, sie hat recht, denn wenn es nicht so wäre, dann müsste ich mir wirklich Sorgen machen – wegen der Schule und so. Aber ein zweites Kind …«

Das alles im breitesten Mannheimerisch. Dagegen war nichts zu sagen, Dialekte haben natürlich ihre Daseinsberechtigung. Aber bei dieser Frau waren wir schon fast in Ulm, als sie das erste Mal Luft holte. Zu diesem Zeitpunkt wusste ich schon, dass sie in München bei ihrem Mann nur sehr ungern wohnte – und sich bald trennen würde. Der arme Kerl ahnte noch nichts davon, während ich schon in den genauen Ablauf eingeweiht wurde. Dabei hatte sie einst ihre Unschuld an ihn verloren – und das noch vor der Hochzeit! –, aber jetzt hielt sie es nicht mehr aus.

Wenn ich es richtig verstand, dann war Sühelas Hauptproblem, dass sie keine Freunde hatte und ihr Mann rund um die Uhr und am Wochenende arbeitete, damit sie in einer schönen Wohnung leben konnte.

Noch vor Stuttgart war ich perfekt informiert. Über alles. Und noch sehr viel mehr, was ich allerdings umgehend und verzweifelt wieder zu verdrängen versuchte. Im Grunde meines Herzens bin ich nämlich sehr prüde und möchte von meinen Mitmenschen keine Details aus ihrem Privatleben erfahren. Aber meine Mitreisende war sich sicher: »Du bist wie meine große Schwester! Ich weiß nicht, warum ich dir alles erzähle, aber bei dir fühle ich mich sicher.«

Natürlich war ich gerührt. Die kleine Maus hatte also niemanden, mit dem sie reden konnte. Oder hatte sie alle anderen, die ihr zugehört hatten, längst totgeredet? Irgendwie schien mir das eine sehr wahrscheinliche Option.

Dann zog Sühela eine Tüte von Burger King heraus, wickelte einen kalten Cheeseburger aus und gab ihn ihrem Aladdin. »Ist doch super Essen, da ist alles drin, da ist nichts Schlechtes dran!« Offensichtlich hatte sie meinen etwas verwirrten Blick bemerkt.

Da hatte sie natürlich irgendwie recht. Aber wenn ich mir den bereits etwas moppeligen Aladdin betrachtete, dann hatte ich doch Sorge wegen seiner Kalorienbilanz. Hanna sah den Cheeseburger gierig an. Meine neugewonnene beste Freundin deutete den Blick richtig, riss die Hälfte von Aladdins Burger ab und drückte ihn meiner Tochter in die Hand. Damit war ihre erste Begegnung mit Fast Food über die Bühne.

Sie kaute und verkündete begeistert mit vollen Backen: »Lecker!«

Benjamins Dinkelstangen hatten auf dem Weg nach München für weniger Begeisterung gesorgt. Und in der Gesamtbilanz waren die beiden Fahrten kulinarisch sehr lehrreich gewesen ...

Wir näherten uns Mannheim, packten hektisch alle Spielsachen, Bilderbücher, Rutschsocken und Luftballons wieder in unsere Taschen.

Als der ICE seine Türen öffnete, winkte mir Sühela locker zu und verschwand mit ihrem Aladdin im Kreis ihrer großen Familie. Zum Glück war sie nicht auf die Idee mit dem Adressenaustausch gekommen – noch mehr Geschichten aus ihrem Leben hätte ich unmöglich verkraftet.

Oliver stand etwas verloren auf dem Bahnsteig und sah mir mit einer Rose in der Hand entgegen. Ich ging zögernd näher. Er drückte mir das Ding in die Hand und zog mich in seine Arme. »Verzeih mir«, murmelte er. »Es war vielleicht nicht wirklich sensibel, dass ich mich mit Sabrina getroffen habe. Aber für mich ist die Ehe mit ihr schon so lange her, und ich bin so glücklich mit dir, dass ich mir nicht vorstellen kann, dass das irgendein Problem für dich sein könnte.«

Damit griff er in seine Manteltasche und holte einen Reiseführer heraus. »Boston und Neuengland« verhieß der Titel. Ich sah Oliver verwirrt an.

»Was soll das bedeuten?«

»Wir fliegen Ende nächster Woche in den Indian Summer! Acht Tage lang, nur wir beide. Cape Cod, Boston, die Küste von Maine …«

Mein Blick fiel auf den aschblonden Kinderkopf, der sich zwischen uns gedrängt hatte und in diesem Moment fest an Papas Beine schmiegte. »Und was ist mit …«

»Ich habe mit deiner Mutter gesprochen. Sie kommt nach Bad Dürkheim und passt auf Hanna auf. Wir brauchen mal wieder Zeit für uns, da kann Hanna auch mal ein bisschen Zeit mit ihrer Oma verbringen, meinst du nicht?«

In dieser Sekunde wurde der Hauptbahnhof von Mannheim zu einem unglaublich romantischen Platz für mich. Ich umarmte und küsste Oliver so lange, bis Hanna sich mit viel Kraft zwischen uns drängte und verlangte: »Auch Arm!«

Und dann umarmten wir uns eben zu dritt.

Ich-Barometer

Positiv:

Ich kann noch arbeiten! Und bekomme meinen Urlaub! Mein Mann ist doch der Beste!

Negativ:

In den Kleinkindabteilen erfahre ich mehr über die unterschiedlichen Mütter, als ich jemals wissen wollte …

9

Shopping-Wahn und Zweisamkeit

Das Laub leuchtete, der Himmel war kristallblau, das Meer schäumte – und wir starrten beide auf den Bildschirm meines Handys. Hanna, ganz frisch geboren. Hanna auf meinem Arm. Hanna mit der Flasche. Hanna an Olivers Hand auf einer Wiese. Hanna mit Quaki, in die Kamera strahlend. Ich seufzte. »Ist sie nicht einfach wunderschön?«

Er küsste mich. »Ja. Ewig schade, dass sie jetzt nicht hier sein kann.«

Es war unser zweiter Urlaubstag. Mit jeder Minute, die wir von Hanna getrennt waren, rückten die nächtlichen Fütterungsaktionen und ihre hysterischen Schreianfälle in den Hintergrund. Stattdessen vermisste ich den warmen Baby-Geruch direkt hinter den Ohren. Ihr haltloses Gekicher, wenn ich sie in die Luft warf. Sogar ihr herrisches »Komm mit!«, das sie inzwischen alle paar Minuten von sich gab – und bei Nichtbefolgung sofort nach meiner Hand griff und mich mitzerrte, erschien mir aus der Entfernung äußerst niedlich. Ich vermisste Hanna – egal, wie schön es war, dass wir plötzlich echte Zweisamkeit genießen konnten.

Entschlossen schaltete Oliver das Handy aus. »Genug von Hanna geschwärmt. Der geht es bei deiner Mutter bestimmt ganz wunderbar. Sie wird uns überhaupt nicht vermissen! Wir sollten jetzt an die Spitze von diesem Cape Cod fahren und uns in ein schönes Café setzen und die Ruhe und das Geschrei der Möwen genießen. Was hältst du davon?«

Ich nickte und folgte ihm. Leider stand unser Leihauto drei Straßen weiter – und auf dem Weg dorthin lag ein niedlicher kleiner Spielzeugladen. Ohne uns auch nur anzusehen, bogen wir beide ab und begutachteten, was die Amerikaner an pädagogisch wertvollem Spielzeug für die Kinder bereithielten. Was mir als Erstes ins Auge stach: Hier gab es Baby-Computer! Mehrere Marken buhlten um unsere Aufmerksamkeit, versprachen, dass unser Kind mit ihrer Hilfe zu einem zweiten Einstein werden würde. Probeweise schlug ich eines der Plastikteile auf. Eine quäkende Stimme legte sofort los. »Welcome to LeapPad«. Ratlos sah ich mir das Buch an, das in diesen Plastik-Laptop eingelegt war. Wenn ich das richtig deutete, dann wurde das Buch vorgelesen, es wurden Lieder vorgesungen und irgendwelche Figuren zum »Leben erweckt«. Nichts, was ich nicht beim Bücher-Vorlesen mit Hilfe meiner Stimme auch hinkriegen würde. Ich klappte das Ding wieder zu – und sah Sekunden später, wie ein kleines Mädchen geschickt das Teil öffnete, mit einem Stift über die Seiten fuhr und dabei lauthals lachte. War ich vielleicht zu konservativ mit meiner Idee vom leibhaftigen Vorlesen? Ich fand Oliver bei den Rennbahnen. Er sah sehnsüchtig den herumsausenden Autos zu. »Das will ich Hanna schenken!«, flüsterte er verzückt.

»Darfst du ja«, sagte ich und streichelte ihn. »Aber im Moment ist sie noch ein bisschen klein dafür, findest du nicht? Außerdem … sie ist ein Mädchen, erinnerst du dich?«

Er schüttelte den Kopf. »Wir müssen etwas für die Emanzipation tun! Mädchen müssen auch mit Jungs-Spielzeug umgehen!«

Ich nickte. »Ja. Aber vielleicht sollte sie dennoch erst ein bisschen älter werden?«

Oliver gab sich geschlagen und verabschiedete sich von der Rennbahn. Nicht ohne einen letzten, wehmütigen Blick. »Die hat sogar Loopings!«, flüsterte er, bevor er mir aus dem Laden herausfolgte.

Wir fuhren mit unserem Mietwagen bei strahlendem Sonnenschein in ein malerisches Örtchen an der Spitze von Cape Cod. Um hier eine spannende Entdeckung zu machen: Provincetown war eine der drei Städte in den USA, in denen sich die Homosexuellen ballten. Es gab also wunderbare Cafés, sehr schicke Designerläden und jede Menge Stores für den gehobenen Hundebedarf. Als ich an der zweiten Bäckerei für Hundekuchen vorbeikam, wurde mir allmählich klar, dass hier die schönen Hundeleinen und rosa Hundekuchen an die Stelle der Geschäfte mit Spielzeug und Babyklamotten getreten waren. Wir genossen Hand in Hand die engen Straßen und freuten uns, dass wir endlich einmal Geld sparten. Hundekuchen waren einfach nicht so verführerisch wie niedliche Crocs in Babygrößen …

Später am Tag fanden wir uns am Strand wieder. Mit einer Cola in der Hand ließen wir uns nieder und sahen in die Brandung. Bis wir schließlich seufzten. Gleichzeitig. Oliver fasste nach meiner Hand. »Nächstes Jahr nehmen wir sie mit. Dann können wir sie hier im Sand buddeln lassen ...«

»... und vielleicht schmecken ihr sogar die Hundekuchen!«, vollendete ich seinen Satz. Wir lachten.

Und Sabrina erschien auch sehr weit entfernt.

In den nächsten Tagen telefonierten wir täglich mit Hanna – soweit das mit einem vierzehn Monate alten Kind möglich war, das immer nur »Hallo! Hallo!« in den Hörer brüllte.

Außerdem entdeckten wir eine Stadt, die ein einziger Outlet-Store war. Das Paradies. B'Gosh, Baby Gap, s. Oliver, und ich musste schon nach wenigen Minuten nach Körben fragen, in denen wir niedliche T-Shirts (halber Preis!), Jeans (die zweite geschenkt!), Jacken (sechzig Prozent vom ursprünglichen Preis!), Hoodies (immer noch teuer, aber so niedlich!), Bodys (Aufdruck »Instructions not included!«) und Socken (konnte man immer brauchen!) packten. Nach einer knappen Stunde verlor ich den Überblick und erklärte mit vernünftigem Ton in der Stimme: »Bevor wir zur Kasse gehen, schauen wir aber noch einmal alles durch – vielleicht brauchen wir ja nicht wirklich jedes einzelne Stück!«

Oliver nickte zustimmend – und griff nach einem kleinen Kleidchen, das auf einem weiteren »Final Sale«-Ständer hing.

Wir waren rettungslos im Kaufrausch – und der

letzten Durchsicht vor der Kasse fiel nur eine einzige Legging mit rosa Herzchen zum Opfer. Die hatten wir doppelt in unseren Korb gelegt.

Bei der Endabrechnung schnappten wir zwar kurz nach Luft – aber versicherten uns dann gegenseitig bei einem billigen Taco, den wir zur Stärkung dringend benötigten, dass wir ja doch sehr günstig Dinge erstanden hatten, die wir ohnehin brauchten.

Da sahen wir sie. Eine Mutter, die vor dem Buggy mit ihrem etwa neun Monate alten Baby kniete und wild in der Luft fuchtelte. Offensichtlich Zeichen, die einen Sinn ergaben.

Ich beugte mich zu Oliver. »Gehörlos, nehme ich an. Wie tragisch.« Warum ich flüsterte, war mir selbst nicht ganz klar. Wäre die Frau tatsächlich gehörlos gewesen, hätte ich diese Erkenntnis schließlich auch laut heraustrompeten können. Ich lag allerdings völlig falsch. Im nächsten Augenblick drehte sich die Frau zu dem Mann, der neben ihr stand, und redete völlig normal – wenn man denn einen breiten texanischen Akzent als normal bezeichnen wollte. Kein Zeichen einer Behinderung.

Offensichtlich starrte ich allzu unverschämt in ihre Richtung. Sie sah hoch – und mir direkt in die Augen. Ich versuchte ein Nicken und ein leises Lächeln, und noch bevor ich darüber nachdenken konnte, fragte ich auch schon nach: »Was haben Sie da eben gemacht?«

»Das ist Zeichensprache!«, erklärte sie mit wichtiger Miene. »Das erleichtert den kleinen Personen die Kommunikation, wenn sie noch nicht reden können.«

Ich schwöre, sie sagte wirklich »little person« – dafür gibt es keine andere Übersetzung. Es sei denn, man wollte in die irische Sagenwelt mit den »little people« eintauchen. So habe ich von Hanna noch nicht einmal in meinen merkwürdigsten Momenten gesprochen. Aber die Sache mit der Zeichensprache interessierte mich dann doch.

»Wie funktioniert das?«, wollte ich wissen.

»Wir waren in einem Kurs. Seitdem kann meine Tochter mir sagen, ob sie Hunger hat oder ob ihr etwas wehtut. Seitdem ist sie viel zufriedener.«

Die Kleine drückte ihre Hand auf den Mund und strahlte.

»Sehen Sie: Jetzt hat sie sich bedankt!«, übersetzte mir die stolze Mutter. »Wir sind allerdings auch schon im Gebärdenkurs für fortgeschrittene Babys!«

Sie sah auf die vielen Tüten, die Hanna höchstens als Opfer der kapitalistischen Ausstattungssucht ihrer Eltern brandmarkte. »Wie alt ist denn Ihr Kind?«, wollte sie wissen.

»Die redet schon«, beeilte ich mich zu erklären. »Da ist es wohl zu spät für einen Gebärdenkurs.«

»Zweisprachig?«, wollte mein Gegenüber wissen.

»Bei den wenigen Worten, die sie verwendet, ist das schwer zu sagen. Aber ich denke, bis jetzt ist das alles Deutsch …«

»Ich habe ein Au-pair-Mädchen, das perfekt Mandarin spricht. Man darf nach dem Gebärden nicht nachlassen!«

Aha. Ratlos sah ich Oliver an. »Wir versagen wieder einmal völlig als Eltern!«, zischte ich ihm zu. Er legte einen Arm um mich und zog mich weiter. Dabei winkte er der Mutter des nächsten Nobelpreisträgers lässig zu. »Wir müssen jetzt leider weiter – unsere Tochter benötigt noch einen neuen Schlafanzug!«, erklärte er dabei. »Uns reicht es, wenn sie schön ist ...«

Dann stürzten wir in den nächsten Laden mit niedlichen Baby-Pullovern. Und ich war nicht zum ersten Mal froh, dass der Mann meiner Wahl nicht dem Frühförder-Wahn verfallen war.

Am Abend breiteten wir unsere Schätze auf dem Hotelbett aus. Es sah so aus, als ob wir einen Kindergarten oder eine Großfamilie ausstatten wollten und nicht nur ein einzelnes Kind. Ich musterte unsere Errungenschaften.

»Wir müssen einen neuen Koffer kaufen!«, stellte ich schließlich fest. Mit dieser Erkenntnis kehrten wir am nächsten Tag wieder in das Outlet-Center zurück. Der Einfachheit halber kauften wir gleich zwei Koffer. Der zweite kostete ja auch nur die Hälfte, weil heute Donnerstag und damit ein Special-Discount-Day war. Man konnte ja nie wissen, ob wir nicht noch ein paar weitere niedliche Dinge für unsere Tochter finden würden ...

Spät in der Nacht hielten wir uns in dem breiten Hotelbett fest im Arm. »Ich vermisse Hanna schrecklich!«, flüsterte ich schließlich. »Ja, ich weiß, ich sollte glücklich sein, dass wir endlich einmal wieder Zeit für uns haben – aber stellst du dir nicht auch hin und wieder vor, wie es wäre, wenn sie jetzt bei uns wäre?«

Einen Moment lang herrschte Schweigen im Dunkel des Zimmers. Dann antwortete Oliver. Seine Stimme klang ein bisschen heiser. »Du sollst wissen, dass ich mir vor allem wünsche, dass es euch beiden gut geht. Ich möchte, dass du glücklich bist und mich nicht einfach alleine in Bad Dürkheim lässt. Und ich verspreche dir, dass ich keine andere Frau ansehe. Vor allem nicht meine Exfrau! Ich kann mich gut daran erinnern, warum ich mich von ihr getrennt habe ...« Einen Moment lang schwieg er, bevor er noch leiser weiterredete. »Ich liebe dich und die Kleine. Und ich freue mich, dass wir in drei Tagen wieder bei ihr sind ...«

Die letzten Tage verbrachten wir damit, an wildromantischen Küsten entlangzufahren, Leuchttürme zu besuchen, Hummer zu essen − und immer wieder fremde kleine Mädchen zu beobachten und uns dabei verschwörerisch zuzulächeln. Nicht mehr lange, und wir würden unser eigenes Mädchen wieder im Arm halten!

Wir gaben den Mietwagen schließlich mit einem breiten Grinsen ab und stiegen so erwartungsfroh in das Flugzeug, als ob wir unseren Urlaub erst starten würden. Es war später Abend, als wir endlich wieder in Bad Dürkheim waren. Meine Mutter lag gemütlich im Wohnzimmer auf der Couch. Sie lachte, als wir uns nach einer flüchtigen Begrüßung, die diesen Namen nicht wirklich verdiente, auf den Weg in Hannas Zimmer machten.

Sie schlief. Was sollte ein so kleines Mädchen um elf Uhr abends auch sonst tun? Vorsichtig streichelte ich ihr über die Haare, die sich immer noch so flaumig anfühlten. Verschlafen öffnete Hanna ihre Augen, die immer noch so blau waren. »Oma?« Sie sah uns nachdenklich an. Dann verzog sich ihr Mund zum Weinen. »Oma!«

Ich hob sie aus ihrem Bett und wollte sie an mich drücken. Aber Hanna stemmte alle Beine und Hände gegen mich. »Oma!«

»Ich glaube, sie weiß nicht mehr, wer wir sind!«, entfuhr es mir. Oliver streichelte dem sich wehrenden Bündel ein wenig hilflos über den Kopf. »Sie wird sich schon wieder an uns erinnern.«

»Oma!« Hanna schrie jetzt lauthals.

»Mag sein. Aber vorher bringen wir sie besser ins Wohnzimmer, damit sie merkt, dass sie doch nicht plötzlich bei Aliens aufgewacht ist.«

Erst beim Anblick meiner Mutter entspannte Hanna sich wieder. In Omas Arme geschmiegt, betrachtete sie uns genauer – und dabei schien auch ihre Erinnerung wieder einzusetzen. Es vergingen noch ein paar Momente, dann fragte sie vorsichtig nach. »Mama? Papa?« Um dann ein ebenso forderndes »Kekse!« nachzulegen. Zum Glück hatten wir in Amerika nicht nur die Ausstattung einer Kinderboutique, sondern auch echt amerikanische Baby-Cookies gekauft (wir hatten erst bei der Gläschenkost eingesehen, dass es vielleicht ein wenig übertrieben war, Lebensmittel über den Atlantik zu fliegen …). Oliver zückte einen unserer Schätze und reichte ihn unserer Tochter. Geschmacksrichtung Apfel-Zimt. Offensichtlich ein Treffer. Sie verspeiste ihn und streckte dann ihre Hand aus. »Mehr!« Und damit stand sie auch auf, machte zwei Schrittchen und fiel ihrem Vater um den Hals. Endlich. Dann war ich dran ... Mit Tränen in den Augen streichelte ich ihr den Rücken. »So schnell lasse ich dich nicht mehr alleine«, versprach ich ihr.

Hanna war das egal. Sie streckte ihre Hand nach der bunten Packung aus. »Mehr Keks!«, verkündete sie.

Wir waren wieder zu Hause.

Ich-Barometer

Positiv:

Mein Mann und ich sind wieder einer Meinung. Endlich wieder unzertrennlich!

Negativ:

Leider sind wir auch beim Einkauf in einer Sache einig: Wir wollen alles, egal, was es kostet.

10

Ein Mann, Retter in der Not

In meinem E-Mail-Account wartete die übliche Menge Spam auf mich. Dazu ein paar inzwischen ziemlich drängelnde Anfragen von den Machern bei Mr. Squid, die gerne möglichst »zeitnah« ein paar Entwürfe sehen wollten.

Und eine sehr schlichte Mail von der Vorsitzenden der »Palatinis«:

»Wir freuen uns, Ihnen mitteilen zu können, dass wir ab dem 1. Dezember Ihrer Tochter Hanna einen Platz in unserer Spielgruppe anbieten können. Setzen Sie sich doch mit unserer Erzieherin in Verbindung, um die Modalitäten der Eingewöhnung besprechen zu können. Außerdem würden wir uns freuen, wenn Sie zu der Vollversammlung unseres Vereins am 21. November kommen könnten.« Es folgte noch die Auflistung der Tagesordnungspunkte dieser Versammlung und die Kontaktdaten der Erzieherin.

Fast wäre ich in Freudengeheul ausgebrochen. Meine Freiheit war wieder ein bisschen nähergerückt.

Auch wenn ich über das Wort »Eingewöhnung« gestolpert war. Waren diese Kinder nicht einfach glücklich, wenn sie sich unter ihresgleichen befanden? Egal. Hanna war so selbstbewusst, dass die Sache mit der Eingewöhnung kein größeres Problem darstellen sollte.

Frohgemut rief ich die Erzieherin an, und sie lud mich mit Hanna sofort für den nächsten Dienstag ein. »Dann können Sie sich alles ansehen, und wir verabreden die weiteren Termine.«

Hoch motiviert schrieb ich auch den Termin für diese Vollversammlung in meinen Terminkalender. Eigentlich hatte ich es ja nicht so mit Vereinen – aber vielleicht sollte ich für die Palatinis eine Ausnahme machen? Immerhin konnten diese Vereine nur existieren, weil die Eltern sich unentgeltlich engagierten. Da war es nur richtig, wenn ich einen Teil meiner Selbstsüchtigkeit über Bord warf. So überlegte ich mir das, überaus politisch korrekt und sehr willig.

Aber zunächst einmal spazierte ich zu unserem ersten Date mit dieser Spielgruppe. Die hatte sich in dem Vereinsheim des Fußballvereins angesiedelt. Im Keller, um genau zu sein. Dafür war das Zimmer wirklich geräumig – eine Kuschelecke mit einer Unmenge von Plüschtieren, Schaukelpferden und Holzpuzzles buhlten gemeinsam mit Bilderbüchern und einer Spielzeugküche um die Gunst der zehn Ein- bis Dreijährigen, die durch den Raum rannten. Ich erkannte sofort Mia, die gerade mit konzentriertem Gesicht einen Puppenbuggy durch den Raum schob.

Hanna blieb an der Tür stehen und betrachtete das Treiben mit großen Augen. Anstatt sich in das

Getümmel zu stürzen, steckte sie ihren Zeigefinger in den Mund und fing als Erstes einmal an, heftig daran zu saugen. Gleichzeitig machte sie einen Schritt nach hinten.

Ich runzelte die Stirn. Wo war meine draufgängerische Tochter, der auf dem Spielplatz keine Rutsche hoch genug sein konnte? Ich nahm ihre Hand und versuchte, sie in den Raum zu ziehen. Sie stemmte ihre kleinen Füße jedoch fest in den Boden, schüttelte den Kopf und verkündete: »Will nicht!«

Vorsichtig ließ ich mich auf Augenhöhe nieder. »Willst du nicht zu den anderen Kindern?«

Erneutes Kopfschütteln. »Schau mal, da ist Mia!«, versuchte ich Hanna noch einmal zu locken. Leider ignorierte Mia meine Tochter und schob einfach den Buggy mit der nackten Puppe mit Migrationshintergund (früher hätte man wohl Negerkind gesagt) vorbei.

Mir wurde es ein wenig zu ungemütlich in meiner offenen Tür. Rigoros nahm ich meine Tochter auf den Arm und trug sie einfach in die Mitte des Kinderzimmers, zog ihr die Jacke und die Mütze aus – und trat dann erwartungsvoll zurück. Hanna sah mich verblüfft an, folgte mir den einen Schritt und hängte sich dann an mein Bein. Etwas ratlos sah ich die Erzieherin an. Die lächelte aufmunternd.

»Am Anfang ist es etwas schwer für die Kleinen. Aber Sie werden sehen: Bei der Eingewöhnung in den Kindergarten haben die Palatinis dann recht wenig Probleme!«

Das tröstete mich in diesem Augenblick wenig.

Vorsichtig fragte ich nach: »Wie lange dauert diese Eingewöhnung denn?«

Das Lächeln verschwand keine Sekunde aus dem Gesicht der Erzieherin. »Das kann schon mal zwei Monate dauern.«

Mein Traum von der großen Freiheit zerplatzte. Irgendwie hatte ich damit gerechnet, dass ich in ein paar Tagen stundenweise ungestört am Schreibtisch sitzen würde. Jetzt sah es so aus, als ob ich in diesem Jahr neben dem ganzen üblichen Ärger auch noch mit der »Eingewöhnung« zu kämpfen hatte.

An diesem Vormittag hing Hanna an meinem Hosenbein und sah sich das Treiben der anderen Kinder nur mit großen Augen an. Während der Frühstückspause nahm sie immerhin ein paar Stückchen Fleischwurst, auf denen sie dann hingebungsvoll herumkaute.

»Wie war's?«, fragte Oliver, als ich zwei Stunden später wieder nach Hause kam.

Ich ließ mich auf einen Küchenstuhl fallen. »Nicht ganz so leicht, wie ich es mir vorgestellt habe. Offensichtlich ist unser Kind ziemlich unsozial – oder ich habe nicht gewusst, dass die Kleinen sogar lernen müssen, in den Kindergarten zu gehen – dämlich, wenn ich es mir richtig überlege. Aber trotzdem … es wäre so schön gewesen, wenn irgendetwas einfach so funktioniert hätte!«

Oliver nahm mich in den Arm und drückte mich. Für einen Moment schloss ich die Augen und genoss das geborgene Gefühl, in seinen Armen zu sein. Mag ja sein, dass sich die Sache mit der Leidenschaft bei uns ziemlich schnell erledigt hatte – kein Wunder, angesichts von Schwangerschaft und Baby –, aber die Liebe war geblieben. Spätestens seit unserem Urlaub war ich mir da wieder sicher.

Leider währte dieser Augenblick nur etwa zehn Sekunden. Dann schob sich ein kleines Wesen zwischen uns. Als ich sie auf den Arm nahm, legte sie jedem von uns einen Arm um den Hals und strahlte. »Alle zusammen.« Ja.

Eine knappe Woche später war die Vollversammlung des Palatini-Vereins. Die Sache mit der Eingewöhnung war immer noch nicht vorbei, aber immerhin spielte Hanna inzwischen auch mit den Spielsachen im Zimmer der Spielgruppe. Den Kontakt mit anderen Kindern mied sie noch. Aber ich hoffte, dass es in allernächster Zukunft besser würde.

Die Versammlung fand im Nebenzimmer einer kleinen Wirtschaft statt. Neugierig sah ich mich um. An der Stirnseite saß der aktuelle Vorstand – nahm ich zumindest an. Die drei wirkten wie eine verschworene Gemeinschaft. Daneben die Erzieherin, der ich zunickte. Sonst kannte ich niemanden. Maren hielt es offensichtlich nicht für nötig, bei einer solchen Versammlung aufzutauchen. Die anderen Mütter allerdings auch nicht. Neben mir, der Erzieherin und dem Vorstand kamen nur noch vier weitere Frauen, die sich durch die Tür drückten und schweigend auf die Stühle setzten. Gerade, als eine der Vorsitzenden an ihr Wasserglas klopfte, flog die Tür noch einmal auf. Ein Mann hetzte herein, nickte in die Runde und trompetete ein »Guten Abend!«, bevor er sich auf einen der Stühle fallen ließ und die ausgedruckte Tagesordnung aus seiner Aktentasche fischte.

Die Vorsitzende klopfte noch einmal gegen ihr Glas. »Schön, dass ihr alle hier seid!«, begann sie mit ihrer Rede. Im breitesten Pfälzisch, natürlich.

Dann plauderte sie ein bisschen über die wirtschaftliche Situation des Vereins, die wohl nicht besonders rosig war. Über den Kellerraum, den das Jugendamt nicht mehr akzeptieren wollte. Die Erzieherin, die gekündigt hatte, weil sie doch lieber bei einem Kindergarten in Vollzeitstellung arbeiten wollte. Allmählich dämmerte es mir, dass diese wunderbaren Palatinis einen ganzen Haufen Probleme hatten. Die Vorsitzende beendete ihre Rede mit einem letzten aufmunternden Satz: »Leider habe ich auch nicht mehr die Zeit, um mich um den Verein zu kümmern. Deswegen stehe ich heute auch nicht mehr zur Wiederwahl. Es wäre doch sehr schön, wenn sich eine von euch berufen fühlen würde, den Verein künftig zu leiten.«

In dieser Sekunde klinkte sich die miesepetrig dreinblickende Pferdeschwanzträgerin neben ihr ein: »Und ich stehe für mein Amt auch nicht mehr zur Verfügung. Wir müssen also zwei Ämter aus unserer Mitte neu besetzen.«

Aha. Hatte Maren geahnt, was an diesem Abend passieren sollte, als sie beschlossen hatte, auf die Versammlung zu verzichten? Ich versuchte einen Trick, der mir noch aus Schulzeiten vertraut war: Ich sah angestrengt aus dem Fenster und bemühte mich, jeden Blickkontakt zu vermeiden. Meine guten Vorsätze zum Thema Engagement und ehrenamtliche Arbeit waren dahin. Ich wollte keinen maroden Verein vor der Pleite retten. Ich wollte erst einmal meine eigene Arbeitskraft wiederherstellen.

Zum Glück sah mich niemand an. Kein Wunder – unser einziger Mann meldete sich nämlich zu Wort. »Das sind ja eine ganze Menge Probleme. Am besten machen wir jetzt ein Brainstorming, um ein paar Lösungsansätze zu erarbeiten!«

Er sah erwartungsvoll in die Runde. Ein lautes Schweigen antwortete ihm. Er wartete einige Sekunden, dann räusperte er sich.

»Vielleicht seid ihr ja nicht so ganz mit dem Konzept des Brainstormings vertraut. Das bedeutet, dass einfach jeder sagen kann, was ihm einfällt, und wir nicht gleich den Wert der Bemerkung oder des Vorschlages bewerten. Das machen wir erst, wenn wir alle Ideen gesammelt haben.«

Für den Bruchteil einer Sekunde blieb mir der Mund offen stehen. Hatte dieser Clown gerade einer Gruppe Frauen eine Selbstverständlichkeit erklärt – wohl in der Annahme, dass wir alle nichts anderes als Stillen und Staubsaugen gelernt hatten? Ich erwartete einen Sturm der Empörung und sah mich erwartungsvoll um.

Nichts.

Alle Gesichter blieben auf den einen Mann in ihrer Runde gerichtet, gerade so, als ob sie eine Heilsgeschichte von ihm erwarten würden. Mein loses Mundwerk ging mit mir durch, ehe ich überhaupt bemerkte, dass ich das Wort ergriffen hatte.

»Ich schlage vor, wir suchen nach neuen Räumen – diesmal welche mit Fenstern. Dann suchen wir eine neue Erzieherin. Und als neuen Vorstand stellen Sie sich vielleicht selber zur Verfügung – wenn ich es richtig sehe, dann übernehmen Sie doch gerne die Führung!«

Meine Ironie war an ihn vergeudet. Ich erwartete eine böse Bemerkung, eine satte Retourkutsche. Stattdessen sah er mich an. Täuschte ich mich, oder war er von meinem Vorschlag geschmeichelt?

»Ja, das war doch schon mal ein schöner Anfang«, lobte er mich mit gönnerhaftem Zwinkern. »Aber leider kann ich den Vorstand nicht übernehmen. Ich habe schließlich eine eigene Firma, bin Unternehmensberater und Steuerberater – und dazu noch zwei Kinder. Da sollte ich mit meiner Freizeit besser gut haushalten …« Um Verständnis heischend schaute er in die Runde.

Ein paar meiner Geschlechtsgenossinnen nickten so verständnisvoll, als ob er sie dafür bezahlt hätte. Ich entwickelte eine kleine Phantasie, in der eine durchkämpfte Nacht mit einem Schreikind und das Fehlen von beruhigendem Tee oder Milch eine entscheidende Rolle spielten.

Meine Stimme wurde etwas schneidender. »Die meisten von uns verbringen ihre Tage auch nicht mit dem Abzählen ihrer Zehen …«

Eine schmale Blondine meldete sich mit leiser Stimme. »Ich könnte das mit dem Vorstand ja machen, wir haben nur ein Kind, und ich habe nur einen Teilzeitjob.« Ihre Stimme wurde immer leiser. Sie flüsterte fast, als sie schließlich sagte: »Ich bin mir aber nicht sicher, ob ich mir den Vorsitz von so einem Verein wirklich zutraue. Das ist doch ziemlich viel Verantwortung, und es läuft im Moment auch nicht besonders rund …«

Die Vorsitzende nickte bekräftigend. »Ja, das ist wirklich eine harte Sache. Aber ich bin mir sicher, dass du gemeinsam mit den anderen Frauen eine Lösung hinkriegst.«

Eine große Zukunft als Motivationsrednerin hatte diese Dame sicher nicht. Unsere einzige Kandidatin für den Vorsitz schüttelte den Kopf und machte einen Rückzieher. »Nein. Wenn du schon sagst, dass es hart wird …«

Der Mann, der bereit war, uns seine Management-Fähigkeiten näherzubringen, griff in dieser Sekunde ein. »Trotzdem sollten wir deinen Namen vielleicht auf einer Liste festhalten …«

Super Liste. Die würde über diesen einen Namen kaum hinauskommen.

Mister Ich-erklär-euch-die-Welt sah mit erhobenem Stift von seinem Zettel hoch. »Also – fangen wir doch zuerst mit den drängenden Problemen an. Was sind denn die Bedingungen für ein passendes Zimmer, das auch den Auflagen des Jugendschutzes gerecht wird?«

Er machte sich ein paar Notizen, während die Vorsitzende erklärte, dass ein Fenster und ein separater Wickelraum nicht schlecht wären. Der Wickelraum war nötig wegen der Privatsphäre der Kinder. Bis zu diesem Augenblick hatte ich noch keine Sekunde über Hannas Privatsphäre nachgedacht. Hatte sie überhaut eine? Brauchte sie das?

Als Nächstes fragte er nach den Spezifikationen für die Ausschreibung der Stelle der Erzieherin und schrieb wieder fleißig alles mit. Dann sah er in die Runde. »Ich schlage vor, ich schreibe das mal zusammen, und wir mailen das Dokument herum. Vielleicht hat ja jemand von den heute nicht anwesenden Eltern einen Vorschlag. Oder hat von einer Erzieherin oder einem Zimmer gehört. Und jetzt ...« Er sah erwartungsvoll in die Runde. »Wer steht für den Vorstand zur Verfügung?«

Ich war nicht wirklich überrascht, als niemand sich meldete. Alle sahen angestrengt aus dem Fenster, auf ihre Hände oder drehten ihre Wasser- und Weingläser ein wenig herum.

»Dann mailen wir diese Frage doch auch gleich mit herum.« Zufrieden ließ er seinen Kugelschreiber klicken. »Steht noch etwas an? Dann hätte ich ein paar Vorschläge: Mir ist aufgefallen, dass die Hände der Kleinen nach dem Frühstück nicht gewaschen werden. Könnte man da nicht Abhilfe schaffen? Außerdem wäre es doch schön, wenn wir eine Spülmaschine hätten – und einen besseren Windeleimer sollten wir ebenfalls in Erwägung ziehen.« Er schaute fragend in die Runde.

»Sollen wir das nicht gleich zur Abstimmung stellen?«

Eine halbe Stunde später ging ich nach Hause.

Die Spielgruppe meiner Tochter hatte zwar weder Erzieherin noch Jugendamt-genehme Räume – doch ab nächster Woche einen neuen Windeleimer und eine Großpackung Feuchttücher (die Spülmaschine war als zu teuer abgelehnt worden). Warum machte ich mir also Sorgen?

Die Mail unseres tatkräftigen Alibi-Mannes wurde noch am selben Abend versandt. Nicht ganz überraschend reagierte niemand darauf – die Menschen, die nicht einmal zur Vollversammlung erschienen waren, wollten erst recht nicht in den Vorstand gewählt werden. Ich selber hielt mich zurück. Ich wollte mit Hilfe der Palatinis Freizeit gewinnen, nicht vernichten. Und Probleme hatte ich auch ohne die Hilfe eines eingetragenen Vereins. So sahen das alle anderen Mütter wohl auch. Mangels Alternativen trat die schüchterne Blondine den »harten« Job an – und fand innerhalb kürzester Zeit ein Zimmer (diesmal im Hockeyclub) und eine neue Erzieherin (über das Arbeitsamt). Und das ganz ohne die Hilfe von unserem Mann und Retter …

Ich-Barometer

Positiv:
Ein Platz in der Spielgruppe!
Negativ:
Hanna findet Spielgruppe doof – und ich finde die Vollversammlung mindestens genauso unspaßig.

11

Mein eigener Weihnachtsengel

»Klingeling!« Hanna starrte mit riesigen Augen den kerzengeschmückten Weihnachtsmarkt an und sang laut und falsch das einzige Weihnachtslied, das sie bis jetzt gelernt hatte. Und mir traten rührselig die Tränen in die Augen, während ich meine Hände wärmend um den Glühwein legte.

War es wirklich schon ein Jahr her, dass ich beschlossen hatte, keinen einzigen Tag mehr in der Pfalz auszuhalten? Damals hatten wir den Umzug nach München beschlossen. Diese Entscheidung war zwar niemals bezweifelt – aber auch nie ernsthaft betrieben worden. Irgendwie erinnerte mich das an die Strategie des dicken Oggersheimers. Hatte der sich auf diese Art und Weise nicht durch sechzehn Jahre Kanzlerschaft hindurchgemogelt? Einfach alles immer so lange aussitzen, bis es sich von selbst erledigt oder wenigstens eine Mauer umfällt? Vielleicht war das ja in Wirklichkeit eine Pfälzer Tradition, die auch mein Traummann in Perfektion beherrschte?

In diesem Augenblick fiel es mir allerdings schwer, Oliver auch nur irgendeinen bösen Willen zu unterstellen. Er kam über den kleinen Platz auf mich zu und balancierte auf einem Holzbrettchen einen

Flammkuchen, während er in der anderen Hand Glühwein-Nachschub trug. Hanna riss sich beim Anblick des Essens von dem glitzernden Weihnachtsbaum los, deutete auf den Flammkuchen und sagte herrisch: »Haben!«

In einer letzten Andeutung von Erziehungswillen sagte ich noch so etwas wie »Da sagt man bitte!«. Gleichzeitig riss ich auch schon ein Stück von dem knusprigen Rand ab und reichte ihn den gierigen Händen meiner Tochter. Die biss herzhaft zu, strahlte über das ganze Gesicht und verkündete: »Lecker!«

Meine Freude über mein Kind währte nur kurz. Dann erklang neben mir eine mahnende Stimme. »Ist das nicht zu salzig für die Kleine?«

Ich fuhr herum. Eine der Palatini-Mütter sah kopfschüttelnd auf mein armes Kind herunter. »Das macht doch ihre Geschmacksnerven ein für alle Mal fertig. Kein Wunder, wenn sie in ein paar Jahren nur noch nach McDonald's schreit.«

Etwas verwirrt sah ich Hanna an. Sie kaute genussvoll auf dem Flammkuchenrand und klaubte gekonnt die Speckstückchen von dem Stück, das ich ihr gegeben hatte. Und damit hatte ich sie bereits an die Klauen der Fast-Food-Industrie verkauft?

Aber wie so oft schaffte ich es nicht, die Bemerkung mit einem Schulterzucken abzutun. Stattdessen versuchte ich eine Rechtfertigung. »Ich glaube nicht, dass Hanna mit diesem Flammkuchen ihre Geschmacksnerven schädigt. Sie bekommt zu Hause ja auch viele andere Sachen. Meine Devise ist, dass ich sie zu einer größtmöglichen geschmacklichen Vielseitigkeit erziehe. Und solange sie Joghurt pur und Spinat mit Kartoffeln als ihr Lieblingsessen sieht, muss ich mir wohl keine Sorgen machen.«

Zufrieden mit meiner kleinen Rede, in der sogar so etwas wie eine Ernährungs-Philosophie zu erkennen war, sah ich mein Gegenüber an. Die schüttelte nur den Kopf.

»Spinat? Hast du denn gar keine Angst vor dem Nitrat?« Dabei wirkte sie so entsetzt, als hätte ich den Verzehr von Arsen vorgeschlagen.

»Nein.« Damit endete meine Verteidigungsrede. Stattdessen wollte ich es genau wissen.

»Was bekommt dein Kind denn so?«

»Vollkornbrei, gedämpftes salzfreies Gemüse, geriebenes Obst und hin und wieder als Belohnung ein paar Rosinen.« Sie sah sehr zufrieden aus, als sie das sagte. Ich überlegte, ob das ein Fall für Amnesty International war. Diese Art der Ernährung klang zwar gesund und nahrhaft, aber komplett spaßfrei. Nichts für mich oder Hanna.

Die hatte ausgerechnet diese Diskussion dafür verwendet, um den Bratwurststand zu entdecken, ihren Vater an die Theke zu zerren und jetzt mit einem dicken Stück Bratwurst in der Hand wieder zurückzukehren.

Mein Gegenüber wurde blass. Oder bildete ich mir das ein? »Das Fett!«, murmelte sie nur leise. »Und die vielen Konservierungsstoffe!«

»So gewöhnt sie sich wenigstens daran!«, versuchte ich witzig zu sein. »Schließlich wird sie den

Rest ihres Lebens Nahrungsmittel mit Salz, Konservierungs- oder Farbstoffen zu sich nehmen …«

»Wann bist du denn das nächste Mal bei den Palatinis mit dem Frühstück dran?«, fragte die Gesundheits-Mama streng. »Nur damit ich weiß, wann ich meinem Marcel etwas Eigenes einpacken muss!«

Dafür muss man wissen, dass bei den Palatinis die Eltern reihum verpflichtet waren, das Frühstück für die komplette Kindergruppe zu stellen. Ich hatte erst vor zwei Tagen eine größere Menge Fleischwurst, Apfel- und Bananenstücke sowie jungen Gouda und Brezelstücke serviert. Die Kinder hatten das wunderbar gefunden. Wenn ich mich recht erinnerte, allen voran Marcel: Er hatte von der Fleischwurst einfach nicht genug bekommen können. Jetzt wurde mir allmählich klar, warum.

Ich zwang mich zu meinem nettesten Lächeln. »Du hast ja sicher auch die Liste mit den Frühstücksdiensten, dann kannst du Marcel ja entsprechend ausrüsten.«

Endlich entschwand sie. Wahrscheinlich um noch ein paar Vollkornkekse für ihr Söhnchen zu backen.

Ich drehte mich zu Oliver um, der sich ein Grinsen nicht verkneifen konnte. »Und du beschwerst dich, dass du keinen Anschluss hier in Dürkheim findest? Die war doch nett …«

»Klar«, knurrte ich. »Meine neue beste Freundin. Wenn es nach der geht, dürfte Hanna …«

Damit warf ich einen suchenden Blick in Bodennähe. Nichts. Hanna war wieder einmal verschwunden. Dieses Mal mit einer Bratwurst fest im Griff.

Ich konnte nur hoffen, dass kein vorbeilaufender Hund Hanna als eine Art Selbstbedienungsladen auf zwei kurzen Beinen betrachtete.

Oliver und ich schwärmten auf dem Weihnachtsmarkt in verschiedene Richtungen aus. Anders als beim Wurstmarkt fehlte mir dieses Mal allerdings das panische Gefühl. Der Dürkheimer Weihnachtsmarkt war schließlich eine sehr übersichtliche Veranstaltung. Da gab es ein halbes Dutzend Stände, eine kleine Eisbahn und ein noch sehr viel kleineres Kinderkarussell. Sekunden später sah ich meine Tochter. Selig lächelnd, ihre Bratwurst fest im Griff, stand sie in der Mitte der Eisfläche. Falsch: Sie stand nicht, sie tanzte. Oder tat das, was sie für Tanzen hielt. Eine Hand – die mit der Bratwurst – nach oben gestreckt, die andere vor der Brust, drehte sie sich im Kreis. Mit den ganzen Jugendlichen, die um sie herum fuhren, wirkte sie für einen Moment wirklich wie der Mittelpunkt der Welt. Und ich ahnte, dass ich sie wohl einfach immer nur auf der Tanzfläche suchen musste, wenn sie mir wieder einmal fortlief.

»Passt auf das Kind denn niemand auf?!«, murmelte neben mir eine Mutter mit entsetztem Unterton. Ausnahmsweise konnte ich nicht widersprechen – ich sprang über die Absperrung auf das Eis und musste mich erst einmal an der Reling festklammern. Nicht ganz überraschenderweise war das Eis spiegelglatt. Sehr langsam, sehr mühsam kam ich Hanna näher. Wie hatte sie es nur angestellt, so schnell an ihren Platz zu kommen? Bei uns zu Hause stolperte sie über jede Teppichkante, hier hatte sie offensichtlich die komplette Strecke auf Eis ohne Probleme zurückgelegt.

Endlich hatte ich Hanna erreicht und kniete mich vor ihr auf das Eis. »Hanna, was machst du denn hier?«

Ihre Augen leuchteten, als sie antwortete: »Lala!«

Sehr vorsichtig schlich ich mit meinem musikbegeisterten Kind wieder zurück. Erst von der Eisfläche. Später vom Weihnachtsmarkt nach Hause.

Wundersamerweise fing es auch noch an zu schneien. Nachdem ich Hanna ins Bett gebracht hatte, sah ich ein Weilchen aus dem Fenster auf die bezuckerten Straßen. Jetzt wurden die Pisten weiß, morgen konnte man bestimmt in vielen Skigebieten das erste Mal fahren. Ein wenig nachdenklich ging ich in den Keller und strich mit der Hand über mein Snowboard. Staubig. Und wenn ich das richtig absah, dann würde sich daran auch in diesem Winter nichts ändern. Es war eben eine Illusion, dass ich mit Mann und Kind das Leben von früher weiterleben könnte. Ja. Ich hatte Mann und Kind. Wenn ich meinen Job noch danebenquetschen konnte, dann war ich schon eine ziemlich tolle Frau. Mehr war eindeutig eine Sache für Superwoman persönlich. Die konnte ganz bestimmt immer perfekt frisiert sein. Sich Zeit für ihren Sport und die Zubereitung phantastischer Speisen nehmen. Tagsüber tough im Job, abends eine liebevolle Mutter und nachts ein echter Vamp. Meine Wirklichkeit sah komplett anders aus.

Ich war froh, wenn mir keine größeren Katastrophen passierten, wenn ich immer genug Windeln im

Schrank und genug zu essen in der Tiefkühltruhe hatte. Hannas Trotzphasen nervten mich, und Olivers Beharren auf seine Pfalz brachten mich zur Weißglut. Und an Leidenschaft hatte ich schon ein gehöriges Weilchen nicht mehr gedacht – dafür war ich nun wirklich zu müde!

Wehmütig streichelte ich noch einmal über mein Snowboard und versprach ihm, dass ich es ganz bestimmt im nächsten Jahr wieder bewegen würde. Oder im Jahr danach.

Drei Tage später: Weihnachten! Wir wollten bei meinen Eltern feiern, ich hatte schon im Herbst das Kinderabteil bei meinen Freunden von der Deutschen Bahn gebucht. Wahrscheinlich hätte ich auch ein Gepäckabteil buchen sollen. Wir hatten den Ehrgeiz, dass unsere Geschenke für Hanna unter dem Baum liegen sollten. Dazu noch die Kleinigkeiten für meine Eltern, Hannas Lieblings-Kuscheltier (immer noch Quaki, der grellrosa Frosch aus der Tankstelle!), eine Tasche voller Apfelschnitze, Gurkenscheiben, Brezelstücke – wir hatten genug zu essen dabei, um bis Sibirien zu reisen. Aber meine Erfahrung mit dem Zugfahren war inzwischen groß genug, um zu wissen, dass Hanna mit dem Betreten des Kinderabteils ein unbändiger Hunger überfiel, der erst bei der Einfahrt in den Münchner Hauptbahnhof gestillt war.

Ich gab der Nachbarin noch letzte Anweisungen zur Fütterung meiner Katze. Ich hatte Holly sowieso im Verdacht, dass sie nur darauf wartete, das Haus endlich einmal für sich zu haben. Und wahrscheinlich hoffte sie schwer darauf, dass Hanna irgendwann wieder an den Ort zurückkehren würde, von dem sie einst gekommen war. Zum Trost legte ich Holly also noch eine klein geschnittene Hühnchenbrust in den Napf – und dann machten wir uns auf den Weg.

Der Zug kam pünktlich – und war brechend voll mit Menschen, die ähnlich viel Gepäck wie wir dabeihatten. Ich drängelte mich zum Kinderabteil vor und benutzte dabei den Buggy wie eine Art Rammbock. Als ich die Tür aufriss, sahen mich drei Mütter, zwei Väter und vier Kinder überrascht an. Eine rief: »Hier ist alles voll!« Damit wollte sie die Tür auch schon wieder schließen. Kein Wunder: Ein Säugling war schon zielstrebig in Richtung Ausgang unterwegs.

Ich lächelte. Eigentlich eher eine Art Zähnefletschen. »Das mag sein – aber ich habe hier drei Plätze reserviert.«

Ein Teil der Insassen des Abteils fing an, unruhig zu werden. »Wir sind hier aber schon seit Berlin …«

Mein Mitleid war nicht vorhanden. »Das mag sein. Aber ab Mannheim gehören die beiden Fensterplätze und noch ein Sitz auf dieser Bank hier mir.«

Murrend stand eine Frau mit ihren beiden Kindern auf. »So ein Kleinkind wie Ihres braucht doch noch gar keinen eigenen Platz.«

Ich wedelte noch einmal mit meiner Platzreservierung. »Es hätte auch Ihnen freigestanden, sich um eine Reservierung zu kümmern. Schließlich kommt Weihnachten ja nicht völlig überraschend!«

Bei diesem Gespräch kam ich mir selber mies vor. Das Reservieren dieser Abteile musste nun einmal generalstabsmäßig vorbereitet werden, ich selber hatte mühsam genug gelernt, wie man das am geschicktesten anstellt. Aber jetzt reichte mir ein Blick in den überfüllten Zug, um meine egoistische Seite zu entdecken. Ich hatte die Rechnung ohne meinen Mann gemacht. Oliver war einfach die Sanftmut in Person …

Er legte mir die Hand auf den Arm. »Schatz, ich nehme Hanna auf den Arm, dann haben wir hier alle Platz.«

Unsere Platzbesetzerin nickte, setzte sich schnell wieder und drückte ihre beiden Söhne neben sich auf einen Sitz. Ihr Hintern hatte sich ohnehin maximal fünf Zentimeter nach oben bewegt. Oliver und ich quetschten uns auf den einen Platz am Fenster, Hanna lag irgendwie quer auf unseren Oberschenkeln. In den nächsten zwanzig Minuten sank meine Stimmung ins Unterirdische. Ich saß hier auf einem halben Platz mit meinem Kind auf dem Schoß, während die Berliner Platzbesetzerin gemütlich neben ihren Kindern saß und an ihren Keksen kaute. Die Weihnachtsglocken des Friedens, die an einem Tag wie heute eigentlich beständig bimmelten, wurden in meinem Kopf durch Sturmgeläute ersetzt. Als in Stuttgart klar wurde, dass sie so schnell nicht aussteigen würde, explodierte ich.

»Finden Sie es eigentlich richtig, dass wir uns zu

dritt auf einem Sitzplatz drängen, während Sie zu dritt auf zwei Plätzen sitzen? Plätze, die mich übrigens neun Euro Reservierung gekostet haben?«

Die Besetzerin sah mich überrascht an. Dann fing sie an, ihr Hab und Gut im Zeitlupentempo zusammenzuräumen. Dabei murmelte sie leise vor sich hin. Ich konnte nicht viel verstehen – aber das Wenige reichte mir vollkommen aus, um zu begreifen, dass ich mich gerade unbeliebt gemacht hatte. Und darüber hinaus unsolidarisch war. Sie winkte ihren beiden Söhnen und verschwand hoheitsvoll aus dem Kleinkinderabteil, wahrscheinlich auf der Suche nach einem prima Stehplatz gegenüber der Toilette. Da konnte man sich wunderbar verständnisvoll gegenüber allen möglichen Kanalarbeitern zeigen, die beständig bei üblen Gerüchen arbeiten mussten.

Oliver hatte mich wohl irgendwie friedlicher in Erinnerung – er sah mich immer wieder beunruhigt an und streichelte vorsichtig meinen Handrücken. In Ulm verließ uns die Besetzerin, was den Zug nicht leerer machte. Es war Heiligabend, früher Nachmittag – und Deutschlands Bevölkerung zog kreuz und quer durchs Land wie einst Joseph mit seiner Maria. Der wäre auch besser zu Hause geblieben, er hatte Bethlehem mit der Erstgeborenen-Ermordung schließlich auch kein Glück gebracht.

Hanna beschloss, dass es Zeit wurde, ihren nichtsahnenden Vater an ihrem Wissen über den ICE teilhaben zu lassen. Sie rüttelte an der Tür und winkte ihn herrisch hinter sich her. Oliver wollte ihr schon ohne Ausrüstung folgen – aber in letzter Sekunde drückte ich ihm noch meinen Geldbeutel in die Hand. Er sah mich verständnislos an, aber ich flüsterte nur: »Sie wird dir schon zeigen, warum du ihn brauchst!« Damit verschwanden die beiden, und ich konnte fast zwanzig Minuten lang in einer Zeitschrift schwelgen. Purer Luxus.

Schließlich schob sich die Tür des Abteils wieder auf, und meine Tochter stand mit einem schokoladeverschmierten Gesicht strahlend im Gang. Oliver mit einem schuldbewussten Lächeln dahinter. »Sie wollte im Bistro einen Schoko-Muffin ...«

»Nicht warm machen lassen!«, entfuhr es mir.

Oliver deutete auf das Schoko-Monster zwischen uns. »Das hättest du besser vorher gesagt ...«

Die Schoko-Muffins der Deutschen Bahn waren mit dicken, dunklen Schokostücken durchzogen, die in der Mikrowelle wunderbar schmolzen und dann aus allen Poren des Muffins liefen. Das war sicherlich eine Köstlichkeit, wenn man als Erwachsener diesen Muffin vor sich auf einem Teller hatte. Mit fünfzehn Monaten und einem gierigen Biss konnte das nur in einem Desaster enden. Ich bemühte mich um Gelassenheit. »Wir haben genug zum Anziehen dabei ... heute Abend unter dem Christbaum sieht sie wieder zum Anbeißen aus!«

Den Rest der Fahrt musste Oliver mit ihr und dem rosa Frosch Verstecken spielen. Das heißt: Hanna verschwand hinter der einzigen Trennwand des Abteils, und Oliver fand sie dann mit großem Trara.

Als wir endlich in München ankamen, sahen wir alle ein bisschen wie nach einem Frontalzusammenstoß mit einem Tanklaster voll flüssiger Schokolade aus – aber wir waren bester Dinge.

Mein Vater holte uns überraschend ab. »Deine Mutter möchte die letzten Vorbereitungen selbst in die Hand nehmen!«, erklärte er. »Du weißt doch: Das mit der Gans und den Knödeln kann ihr keiner abnehmen …«

Als wir endlich vor dem Haus hielten, war es schon dunkel. Im verschneiten Garten hatte mein Vater wieder einmal die komplette Weihnachtsbeleuchtung angeschaltet: Sterne und Lichtgirlanden in den Büschen, ein kleiner Lichtvorhang an der Laube. Es mag ja sein, dass das kitschig war, aber für mich fing damit tatsächlich Weihnachten an.

Nachdem wir mit all unserem Gepäck Einzug gehalten und meine Mutter begrüßt hatten, zog ich Hanna in Windeseile ein dekoratives Kleidchen an – vor allem ein sauberes! –, und schon saßen wir am großen Esstisch. Hanna genoss die erste Gans ihres Lebens und fragte dazu im Minutentakt nach dem »Weihnachtsmann«. Das schmälerte die Gemütlichkeit ein wenig. Vor allem, als sie ein Stück Gans quer durch das Zimmer an die Wand warf und losheulte, weil dieser Weihnachtsmann immer noch nicht gekommen war.

»Der muss doch so viele Kinder besuchen, da sind wir eben noch nicht an der Reihe!«, versuchte mein Vater es mit einer vernünftigen Erklärung. Keine Ahnung, ob er mich mit so einer Erklärung vor fünfunddreißig Jahren zum Verstummen gebracht hatte. Bei Hanna klappte es auf jeden Fall nicht. Sie wurde immer hysterischer, bis wir endlich das Essen abbrachen.

Meine Mutter sah ihre Enkelin stirnrunzelnd an. »Ist sie häufiger so?«, fragte sie mit einem leicht missbilligenden Unterton.

Ich seufzte. »Ja. Ich glaube, das ist einfach die berühmte Trotzphase. Wenn ich erfahrene Eltern richtig verstehe, geht sie irgendwann nahtlos in die Pubertät über.«

Meine Mutter räumte resolut die Teller ab. »Die Bratäpfel können wir nachher auch noch essen. Vielleicht mit einem ordentlichen Glühwein. Jetzt sollten wir erst einmal zusehen, dass Hanna glücklicher wird, oder?«

Als wenige Minuten später der Christbaum leuchtete, klingelten meine Eltern mit der Glocke, mit der auch ich in meiner Kindheit immer zur Bescherung gerufen wurde. Wir betraten das Zimmer – und Hanna griff nach meiner Hand und lief mit leuchtenden Augen mit. Als sie den Tannenbaum sah, ließ sie meine Hand los und stand einen Augenblick lang ganz still. Dann nahm sie einen Arm nach oben, hob den anderen vor die Brust und drehte sich langsam um die eigene Achse.

Der Christbaum war so schön, dass meine kleine Tochter nur einen Ausdruck fand, um dem gerecht zu werden.

Sie tanzte.

Ich legte einen Arm um Oliver und sah ihm in

die Augen. Ich konnte sehen, dass wir uns in einer Sache sehr einig waren: Wir hatten wenigstens eine Sache in unserem Leben richtig gemacht. Und das war Hanna.

Ich–Barometer

Positiv:

Mit einem Kind wird Weihnachten doppelt so schön …

Negativ:

… und doppelt so anstrengend.

12

Raketen und Babyfon

»Schenk mir noch eins ein!«

Ich wedelte mit meinem Sektglas direkt vor Olivers Nase herum. Immerhin hatte ich fleißig gekocht, jetzt durfte ich mich dafür belohnen, dass unsere Gäste satt und zufrieden auf den Jahreswechsel warteten. Die letzten Tage hatte ich mit dem Studium von Kochbüchern verbracht – und schließlich gestern, am späten Nachmittag, meine Mutter angerufen. Mit einer einfachen Anfrage: »Was kann selbst ich an einem einzigen Nachmittag zaubern – am besten mit einer Garantie auf Gelingen und Bewunderung von meinen Gästen?«

Meine Mutter wäre nicht meine Mutter, wenn sie nicht lässig ein paar Rezepte aus dem Ärmel geschüttelt hätte. Und so hatten meine Silvestergäste gerade eben ein paar glasierte Kastanien (Keschde, im hiesigen Slang) auf Feldsalat, Entenkeulen mit Aprikosen (wirkten wie Sterneküche, machten sich in Wirklichkeit im Backofen von selbst, während die erfahrene Hausfrau die Küche wieder aufräumte) und zum Abschluss noch ein Zimtparfait mit Rotweinpflaumen genossen. Wirkte wie ein Menü, an dem ich viele Tage geplant und gekocht hatte – war aber in weniger als drei Stunden fertig. Ich nahm mir fest vor, meine Mutter morgen am Telefon zum Neujahr ein bisschen mehr als üblich zu loben.

Unsere Einladung war aus der puren Not geboren. Unsere Babysitterin war am Silvesterabend aus naheliegenden Gründen nicht verfügbar. Irgendeine Einladung annehmen – das hatten wir schnell verworfen. Hanna schlief nur selten an fremden Orten – und ganz sicher nicht dann, wenn wir es unbedingt wollten. Und Silvester gehörte zu den wenigen Festen, bei denen ich nicht schon früher nach Hause gehen wollte. Eine Umfrage unter meinen Mitmüttern ergab schnell, dass man entweder in trauter Zweisamkeit feiern – oder Eltern von größeren Kindern oder kinderlose Paare einladen konnte. Oliver kannte genug kinderlose Paare – und wir wirkten an diesem Abend auch ganz schön kinderlos. Hanna hatten wir noch lange vor der Ankunft unseres ersten Gastes ins Bett gebracht, ihr Spielzeug war fest verstaut in einer Kiste in unserem Esszimmer. Aus dem Deckel ragte zwar ein verräterischer Puppenarm – aber das war wirklich der einzige Hinweis auf unseren kleinen Untermieter. Ich hatte mich in einen tief ausgeschnittenen Pullover und hochhackige Schuhe geworfen und fand mich einfach umwerfend.

Das fand Oliver wohl auch. Vorausgesetzt, ich deutete den Blick richtig, den er mir beim Nachschenken des Sektes zuwarf. Ich zwinkerte ihm zu und widmete mich wieder einem unserer Gäste.

Ein großer Mann, der im Moment mit begeisterter Miene eine graue Wollmütze in der Runde vorzeigte. Mit feiner roter Stickerei war auf ihr zu lesen »100 % Pälzer«. Offensichtlich war das Wollding als eine Art Bekenntnis-Kleidungsstück für Überzeugungs-Pfälzer gedacht. Nur … Ich spürte das unstillbare Verlangen, sofort mit einem roten Korrekturstift auf das Teil loszugehen. Konnte es sein, dass dieser Überzeugungspfälzer vor lauter Begeisterung für sein neues Produkt ein »f« vergessen hatte? Und dass das niemand merkte? Oder vielleicht wollten seine Freunde ihn lieber nicht beschämen und schwiegen einfach nur fein über den Fehler hinweg? Wie war das noch einmal bei dem Kaiser und seinen neuen Kleidern?

Da war eindeutig ein offenes Wort gefragt. In diesem Fall mein offenes Wort. Sektbeschwingt räusperte ich mich kurz und deutete dann auf den Schriftzug. »Das ist toll. aber … fehlt da nicht etwas?« Das Gelächter, das mir jetzt von allen Seiten entgegenschallte, war ohrenbetäubend …

Der Erfinder der Mütze mit Schriftzug schlug Oliver auf den Rücken. »Ich habe dich gewarnt: Du solltest keine Frau heiraten, die deine Sprache nicht kann!«

Verwirrt sah ich mich um. Ich war eigentlich der Meinung, dass mir nach achtzehn Monaten mit den Pfälzern nicht mehr viel passieren konnte … und lag ganz offensichtlich ziemlich daneben.

Hilfe suchend sah ich Oliver an. Der legte einen Arm um meine Schulter. »Schatz – ein Pfälzer wird sich selber immer als Pälzer bezeichnen. Oder Pälzerin.«

»Nur echt ohne f?«, fragte ich nach. Manchmal kann ich echt schwer von Begriff sein.

»Ja.« Oliver nickte noch einmal zur Bestätigung und griff zu dem Stapel Warenproben, die noch auf dem Tisch lagen. Pälzer-Kalender, Pälzer-Shirts und Pälzer-Servietten. Der Erfinder dieser Form von Lokalpatriotismus sah mich mitleidig an.

»Keine Sorge, nach ein oder zwei Jahrzehnten passiert dir das nicht mehr. Und der eine oder andere Hersteller hat mich auch angerufen, um mich auf meinen Fehler aufmerksam zu machen.«

Fast automatisch entstand in meinem Kopf der passende Werbespot zur Idee. So bin ich – Werbung ist einfach mein Metier. Ich sah einen dicken Mann von hinten vor mir, der jeweils einem Double von Reagan und Gorbatschow erklärte, dass er »Pälzer« sei, you know? Beide sahen ratlos aus, zuckten aber mit den Achseln und fingen an, miteinander zu reden. Das Englisch und das Russisch der beiden war leichter zu verstehen als das Pfälzisch des Dicken …

Für einen Moment war ich wohl abgelenkt. Als ich wieder aufpasste, sahen mich alle gespannt an. Richtig, ich war ja die Frau, die offensichtlich keine Fremdsprachen konnte. Aber jetzt interessierte mich nur noch eins: »Und wie bringst du die Sachen unters Volk?«

Pälzer-Erfinder Christian sah mich etwas verwirrt an. »Wieso unter die Leute? Die Idee ist super, das wird sich schon rumsprechen.«

Jetzt war es an mir, den Kopf zu schütteln. »Glaub mir – eine Idee setzt sich nicht einfach von selbst durch. Was du brauchst, ist ein durchdachtes Konzept. Eins, mit dem auch noch der letzte Pfälzer erfährt, dass er sich jetzt zu seiner Heimat bekennen kann, wenn er das will.«

»Ich will aber kein Geld ausgeben. Die Sachen sind schon Investition genug!« Jetzt sah Christian trotzig aus. »Was glaubst du denn, wie viel ich für die Mützen, Tassen und Shirts ausgegeben habe?«

Ich versuchte es mit Geduld. »Sicher. Aber wenn du dich jetzt nicht auch darum kümmerst, die Sachen unter die Leute zu bringen, dann hast du Shirts und Schals bis an dein Lebensende. Ich habe da eine Idee ... ein kleines Video, das wir billig produzieren und dann per YouTube verbreiten können.«

Er sah mich an, als ob ich eine Mondlandung vorgeschlagen hätte.

Doch noch bevor wir weiterreden konnten, klopfte Oliver mit einem Löffel gegen sein Sektglas. »Das alte Jahr hat nur noch ein paar Minuten, wir sollten schon einmal auf die Straße gehen, unsere Sektgläser füllen und die Raketen im Anschlag halten!«

Lachend und albern gingen wir auf die Straße. Ich hatte mir eine dicke Daunenjacke über meinen viel zu dünnen Pullover geworfen – und das Babyfon in die Jackentasche gesteckt. Es vergingen nur Augenblicke, dann böllerte der Nachbar gegenüber mit seiner ersten »Mega-Raketen-Abschussrampe« mit mindestens zweihundert Schuss los. Er durfte das, er hatte ja eine Kneipe und musste seine Gäste irgendwie unterhalten. Die ersten zwanzig Schüsse waren vorbei, als aus meinem Babyfon ein etwas ängstliches »Mama!« ertönte.

Entschuldigend lächelte ich allen zu und rannte die Treppe nach oben. Hanna saß in ihrem Bett und reckte beide Arme in meine Richtung. Draußen fingen die Glocken an zu läuten, und alle Nachbarn zündeten gleichzeitig ihre Raketen. Hannas verschlafenes »Mama!« steigerte sich innerhalb von Sekunden zu einem ängstlichen Gebrüll. Ich nahm sie auf den Arm und hielt sie fest an mich gedrückt.

»Bam Bam!«, erklärte sie schluchzend.

»Das ist Silvester!«, versuchte ich ihr zu erklären. »Die Leute freuen sich und machen ganz viel Lärm!«

Einer spontanen Eingebung folgend, zog ich ihr einen Schneeanzug über den rosa Schlafanzug, zog ihr dicke Schuhe über irgendwelche Socken und drückte eine Mütze auf ihren dünnen, blonden Flaum.

Dann nahm ich sie einfach mit auf die Straße. Anfangs heulte sie und verbarg ihren Kopf an meinem Hals. Dann hob sie ihre Augen ein wenig und riskierte einen Blick auf das bunte und laute Treiben. In ihren Augen spiegelten sich ein paar Raketen. Mutiger geworden, sah sie genauer hin.

»Bam! Bam!«, hörte ich wieder, aber dieses Mal klang es weniger anklagend. Eher begeistert.

Während Oliver und seine Freunde völlig enthemmt herumballerten, legte Hanna allmählich ihren Kopf auf meine Schulter. Ihre Atemzüge wurden langsamer und tiefer, bis ich sie endlich wieder in ihr Zimmer brachte, sie aus ihren Winterkleidern schälte und sie wieder in den dicken Schlafsack steckte. Es war schon fast eins, als ich die Treppe wieder herunterkam und noch einen Teil unserer Gäste um den Esstisch versammelt fand. Ein paar andere waren schon nach Hause gegangen – unter ihnen Christian.

»Aber er wollte, dass du ihn mal anrufst«, erklärte Oliver. »Deine Idee hat ihm offensichtlich gefallen …«

Ich konnte nur nicken. Nachdem mir monatelang zum Thema Mr. Squid nur Banalitäten eingefallen waren, hatte ich an diesem Abend zum ersten Mal wieder erlebt, wie sich eine echte Idee anfühlte.

»Schläft sie?« Oliver fragte nur leise von der Seite. Ich wollte schon tief Luft holen und eine wortreiche Erklärung zum Thema Hanna, Kinderschlaf an Silvester und »Bam! Bam!« abgeben. Aber in dem Moment fiel mir ein, dass unsere Gäste allesamt kinderlos waren. Keiner von ihnen hätte eine wortreiche Erklärung zu den Geschehnissen des Jahreswechsels mit einem Kleinkind im Arm als besonders spannend empfunden. Also klappte ich meinen Mund wieder zu. Aber es fiel mir schwer – denn ich hätte am liebsten jedem ausführlich von meiner niedlichen Tochter erzählt. Zumindest bis zu dem Moment fünf Minuten später, als es erneut aus dem Babyfon blökte. Hanna hatte alles andere als Einschlafen im Kopf. Und entsprechend fiel denn auch der Rest unseres Festes für mich aus: Ich saß im Kinderzimmer, meine dösende Tochter auf dem Schoß, und streichelte ihr den Kopf. Hin und wieder hörte ich, wie ein Stockwerk tiefer die Tür ins Schloss fiel – immer dann, wenn ich fast gemeinsam mit Hanna eingeschlafen war.

Irgendwann, es war bereits früher Morgen, kam Oliver zu uns. Er setzte sich zu mir, legte einen Arm um Hanna und mich und murmelte irgendwann »Ich kann mir kein Leben ohne euch vorstellen. Du darfst nie wieder glauben, dass ich dir nicht treu sein würde!«

Ich nickte. Was sollte ich sonst schon sagen?

Schon am nächsten Arbeitstag rief ich Christian an. Ganz ohne Rücksprache mit Nicki versprach ich ihm, dass ich mir ein paar Gedanken zu seinen »Pälzern« machen würde. Außerdem waren wir uns einig, dass es sich bei der ganzen Sache zunächst einmal um einen Freundschaftsdienst handeln würde. Wenn die Sache ein Erfolg wurde, konnten wir ja immer noch über Geld sprechen …

Ich-Barometer

Positiv:
Ein Auftrag aus der Pfalz!
Negativ:
Freundschaftsdienst … viel Ehre, viel Arbeit und wahrscheinlich pfälzischer Schaumwein als Entlohnung.

13

Von Schafen und Müttern

»… und dann hat sie mir die Freundschaft gekündigt!« Monika ließ sich auf ihrer Couch nach hinten fallen und beobachtete Wladimir, der Hanna gerade in den Arm biss – ohne einzugreifen. Ich rührte mich ebenfalls nicht. Meine Tochter konnte sich wehren, da war ich mir sicher. »Und das nur, weil ich gesagt habe, dass ich meine Söhne gerne an einen Pflock im Garten anbinden würde!«

Seit unserem Treffen im Kurpark sahen Monika und ich uns regelmäßig. Ich bewunderte ihren wachsenden Bauch – Vitali würde nicht mehr lange auf sich warten lassen –, und gemeinsam lästerten wir über die anderen Mütter.

Völlig naiv hatte ich zu Beginn meiner Schwangerschaft angenommen, dass Mütter sich zu einer Art heimlichen Schwesternschaft zusammenrotteten und dafür sorgten, dass sie sich nicht das Leben gegenseitig schwermachten. Eine Einschätzung fern jeder Realität.

Längst wusste ich: Es gab die perfekten Mütter. Die mit dem Dinkelkeks im Anschlag, dem Erziehungsbuch in der Tasche und dem pädagogisch wertvollen Förderkurs auf dem Stundenplan. Und dann gab es mich – und zum Glück noch ein paar weitere verunglückte Kreaturen wie Monika. Unsereins war froh, wenn wir wieder einen Tag hinter uns gebracht hatten, an dem unser Kind keinen zu schlimmen Tobsuchtsanfall oder eine blutende Wunde davongetragen hatte. Hin und wieder forderten wir auch mal eine Stunde oder zwei ohne die Kinder ein, freuten uns über ein Tässchen Kaffee und eine Zeitung, bei der uns niemand störte.

Leider waren diese beiden Welten nicht zu vereinen. Ich hatte ja lange geglaubt, es hätte auch etwas damit zu tun, ob man berufstätig war oder nicht. Aber das war nicht entscheidend. Entscheidend war ganz offensichtlich die Einstellung zum Kind.

Wenn das Leben einer Frau ausschließlich um ihren Nachwuchs und den Erzeuger desselben kreiste, dann konnte ich erfahrungsgemäß mit ihr wenig anfangen. War es denn wirklich so unverzeihlich, dass ich der Stillerei keine Träne nachweinte, meine High Heels gerne wieder anzog – und an manchen Abenden einfach keine Geduld mehr mit dem fünften Tobsuchtsanfall meiner Tochter binnen einer Stunde hatte? Und dann kam es eben zu Sätzen wie dem von Monika – nur eine kleine Phantasie, in der das Aussetzen unserer Brut eine größere Rolle spielte. Nicht, dass wir so etwas jemals tun würden. Aber hin und wieder tat es einfach gut, es sich mal wieder vorzustellen …

An diesem Nachmittag war ich eigentlich nur bei Monika vorbeigekommen, weil die Palatinis zu einem Bastelabend der Mütter eingeladen hatten. Monika hatte ihren Wladimir inzwischen auch in

Hannas Gruppe untergebracht, freute sich über die gewonnene Freizeit und vermied nach meinen Erzählungen zu großes Engagement. Rechtzeitig zum Fasching (oder hieß das hier Karneval?) sollten wir Kostüme basteln. Monika und ich rüsteten uns neben Kleber, Kreppbändern und Tonpapier mit einer Flasche Sekt. Vielleicht konnten wir uns dieses Event ja wenigstens schöntrinken?

In dem Gruppenraum der Palatinis herrschte schon emsiges Treiben, als wir einliefen. Ein Dutzend Mütter, zusammengefaltet auf den viel zu kleinen Stühlen der Kinder an den viel zu kleinen Tischen – mein Rücken fing schon an zu jammern, bevor ich mich hinsetzte.

Zum Glück sah das Monika genauso – wir setzten uns einfach auf den Boden zu einigen Müttern, die es sich in der Kuschelecke gemütlich gemacht hatten. Ich hob die Sektflasche wie eine Trophäe aus meinem Korb.

»Wer von euch möchte ein Glas?«

Eine schmale Blonde schüttelte den Kopf. »Bin leider mit dem Auto da.«

Die Ausrede konnte ich gelten lassen. Die Polizei war hier genauso humorfrei wie in München. Hatten sie ja auch recht. Irgendwie. Eine andere lehnte ab, weil sie noch stillte, eine weitere, weil sie schon wieder schwanger war (Monika nippte auch nur an ihrem Glas), eine weitere fand, dass Alkohol generell abzulehnen sei.

Am Schluss blieben nur die Erzieherin, Maren und ich übrig. Macht nichts. So blieb wenigstens mehr für uns übrig. Fröhlich bastelten wir drauflos. Das Ziel war, unsere niedlichen Kinder in eine kleine Schafherde zu verwandeln. Die Erzieherin hatte schon Papierstreifen vorbereitet.

»Daraus macht ihr erst einmal Hexenleitern!«

Der größte Teil der Frauen fing eifrig an zu falten. Ich sah ratlos drein. Hexenleitern. In meinem Unterbewusstsein bahnte sich eine verschüttete Erinnerung aus Kinderzeiten den Weg. Um nicht den ganzen Abend darauf zu hoffen, mich wieder an die Bastelnachmittage meiner Kindheit zu erinnern, schielte ich der Erzieherin auf die emsigen Finger. Das sah einfach aus: einfach falten, knicken, falten, knicken … Ich legte los.

Als Nächstes sollten kleine Schafmasken entstehen. Ausschneiden nach einer Vorlage, dann lustige Gesichter malen und aus Watte einen frechen Pony kleben. Mein Schaf sah dem berühmten Shaun ziemlich ähnlich – aber es gab schlimmere Schicksale für ein kleines Mädchen, als einem Fernsehschaf zu gleichen.

Dann sollten wir Hufe aus braunem Ton basteln. Mit Heißkleber. Ich fing an, um die Einrichtung des Raumes zu fürchten, als ein Dutzend Mütter mit der Heißkleber-Pistole herumfuchtelte. In der Zwischenzeit hörte ich mit wachsendem Interesse drei Frauen zu, die sich über ihre Ehemänner unterhielten.

»Der kann nicht aufräumen. Wenn er nur die Spülmaschine ausräumen soll, dann finde ich danach keinen einzigen Löffel mehr. Keine Ahnung, wie man auf die Idee kommen kann, alle Kochlöffel einfach zu den Backsachen zu tun. Aber er schafft es …«

Die Nachbarin nickte, während unter ihren schmalen Händen der perfekte Schafhuf entstand. »Meiner wollte das Haus putzen und aufräumen, während ich mit unserem Fynn im Krankenhaus war. Ich wollte mir ja noch ein einziges Mal vor der Geburt eine Putzfrau leisten – aber er hat geschworen, dass alles perfekt sei, bis ich aus dem Krankenhaus zurück wäre. Hat natürlich überhaupt nicht funktioniert. Er hat nicht einmal gesaugt.« Ihre Stimme klang, als ob er durch diesen Akt zu einer Art üblem Schwerverbrecher geworden wäre.

»Meiner ist der Beste!«, behauptete die Jüngste des Trios. »Der sagt einfach, ihm wird schlecht, wenn er eine Windel wechseln soll. Das hat er bei beiden gemacht. Ich darf gar nicht darüber nachdenken, wie viele Windeln ich in den letzten vier Jahren gewechselt habe!«

Verstohlen sah ich zu Monika und Maren hinüber. Wir wechselten einen schnellen Blick und konnten allesamt das Grinsen nur schwer unterdrücken. Mir würde es wohl immer ein Rätsel sein, warum diese Frauen zum Teil sogar zwei Kinder mit ihren relativ unnützen Männern hatten …

In dieser Sekunde lieferte eine von ihnen – die Jüngste – allerdings eine unschlagbare Erklärung. »Wenn er nicht so schöne Kinder machen würde, dann hätte ich ihn schon lange auf den Mond geschickt.«

Für eine Sekunde blieb mir der Sekt in der Kehle hängen, dann lachte ich laut los. Keine Frage: Kinder konnte man eindeutig nur mit ausreichend Humor bekommen. Und mit noch viel mehr Humor großziehen.

Mühselig klebte ich noch Wattebäusche auf das Cape meines kleinen Schäfchens, bescherte ihm einen ausreichend langen Schäfchen-Wackelschwanz aus Watte und war mir am Ende des Abends ganz sicher, dass mein Kind in der Herde der Palatinis nicht negativ auffallen würde. Auch wenn mir immer noch nicht klar war, wann genau ich mit meiner Zustimmung zu Schwangerschaft und Kinderkriegen auch Bastelabenden und Elternverschwörungen zugestimmt hatte. Das musste irgendwo im Kleingedruckten stehen, da war ich mir ganz sicher.

Ich-Barometer
Positiv:
Ich entdecke eine völlig neue Kreativität in mir.
Negativ:
Auf die ich leider überhaupt keine Lust habe. Zumindest bis zum dritten Glas Sekt. Dann wird es lustig.

14

Import aus Indien

Mit Schwung wuchtete ich Hanna aus ihrem Kindersitz. Sie hing schlaff in den Seilen und wog ungefähr so viel wie ein mittelgroßer Kartoffelsack. Während ich noch darüber rätselte, warum ein schlafendes Kind doppelt so viel wiegen konnte wie ein waches, sperrte ich die Haustür auf. Wieder einmal kamen wir aus München zurück, drei Tage lang hatte Hanna meine Mutter auf Trab gehalten, während ich die Menschheit mit den besten Werbesprüchen aller Zeiten beglückte. Wenigstens hatte ich inzwischen ein paar brauchbare Ideen für Mr. Squid entwickelt. Jetzt freute ich mich erst einmal auf mein Zuhause und ein großes Glas kalten Riesling. Oder zwei.

Fröhlich drückte ich die Tür zum Wohnzimmer auf, während ich Hanna weiter auf meiner Schulter balancierte. Im Halbdunkel lag eine Gestalt auf meiner Couch. Eindeutig nicht mein Mann. Eher eine Frau, die ihr gebräuntes Gesicht fest auf ein Kissen gepresst hatte und mit leicht offen stehendem Mund tief und fest schlief. Ich machte einen Schritt rückwärts und schloss schnell die Tür. Wer war das?

Mit ein bisschen mehr Schwung als beabsichtigt riss ich als Nächstes die Tür zu Olivers Arbeitszimmer auf. Er saß friedlich im Schein der Schreibtischlampe über seinen Computer gebeugt, drehte mir den Rücken zu und schien überhaupt nicht gehört zu haben, dass ich wieder da war. Ich räusperte mich. Oliver drehte sich nicht einmal um.

Stattdessen knurrte er: »Was willst du jetzt noch?«

»Eine liebevolle Umarmung, ein leckeres Thai-Curry, ein Glas Wein und eine Erklärung, warum in unserem Wohnzimmer eine fremde Frau schläft!«, erklärte ich.

Oliver fuhr herum. »Du bist es! Ich dachte, es wäre noch einmal Katja, der die Wasseradern in unserem Wohnzimmer nicht zusagen. Oder die ein sanfteres Mineralwasser sucht. Oder jetzt noch schnell den Weltfrieden mit mir ausdiskutieren will!«

»Katja ist unser Besuch?«, fragte ich vorsichtig nach.

Oliver nickte nur. Ein bisschen wenig Information für meinen Geschmack.

»Und was verschafft uns die Ehre ihres Besuchs? Du hast noch nie von einer Katja erzählt. Oder habe ich da etwas verpasst?« Jetzt wollte ich es genau wissen.

»Katja ist meine Schwester«, erklärte Oliver schlicht.

Jetzt hatte er es geschafft, mich zu überraschen. »Warum habe ich noch nie von einer Schwester gehört? Wäre unsere Hochzeit oder Hannas Geburt nicht ein guter Anlass gewesen, uns einander mal vorzustellen?«

»Wäre es gewesen, ja«, nickte Oliver. »Leider wusste sie nichts davon.«

»Warum …«, fing ich gerade an, als Hanna auf meiner Schulter langsam wach wurde und mit einem maunzenden Laut gähnte. Oliver nahm sie mir schnell aus dem Arm.

»Ich bringe sie eben ins Bett. Das mit Katja erkläre ich dir später«, erklärte er und verschwand mit unserer Tochter im Arm in Richtung Kinderzimmer. Ich wurde den Verdacht nicht los, dass er ziemlich froh war, mir nicht sofort antworten zu müssen.

Kopfschüttelnd verschwand ich in Richtung Küche. Im Kühlschrank fand ich – wie erwartet – meinen Wein. Und eine ganze Batterie Naturjoghurt mit super-aktiven, rechtsdrehenden Bakterienkulturen, die auf mannigfache Weise für Wohlbefinden sorgten. Daneben genug Tofu für eine kleinere vegetarische Armee. Ich schnappte mir den Wein und schenkte mir ein Glas ein. Damit verschwand ich wieder in Olivers Zimmer, machte es mir in seinem Schaukelstuhl gemütlich und wartete.

Erst eine halbe Stunde später tauchte er wieder auf, das Babyfon in der Hand. Ich sah ihn fragend an. »Und? Was ist mit Katja?«

»Eine längere Geschichte. Ich erzähle sie dir, während ich uns etwas zu essen mache. Okay?« Er sah mich mit seinem überzeugendsten Lächeln an. Ich konnte nicht anders – und nickte.

Während er die Möhren in feine Streifen raspelte, fing er mit seiner Erklärung an. »Katja ist drei Jahre älter als ich. Ein Freigeist, würde ich sagen. Von Schule hat sie nicht so viel gehalten, von den Anweisungen meiner Eltern auch nicht. Sie haben ihr beständig mit dem Internat gedroht – aber haben es nie wahrgemacht. Katja hat irgendwie ihre Mittlere Reife geschafft. Aber statt einer Ausbildung hat sie sich lieber ihren Rucksack geschnappt und erst einmal die Welt angesehen. Meine Eltern dachten, das wäre eine Phase. Etwas, das vorübergehen würde. So vergingen dann die Jahre. Katja hat drei- oder viermal im Jahr eine Postkarte geschrieben, tauchte in jedem zweiten Jahr hier auf, schlief sich aus und aß sich satt. Dann ging sie wieder auf Reisen, wie ich heute weiß, jedes Mal mit einem üppigen Taschengeld unserer Eltern im Portemonnaie.« Er zuckte mit den Schultern. »Dann sind meine Eltern gestorben. Katja war wieder einmal nicht zu erreichen. Als sie wieder vorbeikam, konnte ich ihr nur noch das Grab zeigen.«

»War das nicht schrecklich für sie? Wie hat sie das verkraftet?«, unterbrach ich ihn.

Wieder dieses Schulterzucken. »Keine Ahnung. Unser Draht war schon damals nicht gerade gut. Das Testament meiner Eltern hat das nicht besser gemacht.«

»Was stand denn drin?« Oliver hatte bis jetzt seine Eltern selten erwähnt. Sie waren bei einem Autounfall ums Leben gekommen, bevor er dreißig war. Das war auch schon alles, was ich wusste. Auf seinem Schreibtisch standen Bilder von ihnen. Ein dunkelhaariger Mann mit kräftiger Nase und strengem Blick, eine Frau mit Olivers verstrubbelten Haaren und seinen Augen, die diesen Mann mit einem halben Lächeln auf den Lippen von unten ansah. Ein schönes Bild von Menschen, die ich mit Vergnügen kennengelernt hätte. Zu gerne hätte ich herausgefunden, ob und wie sehr Hanna ihnen ähnelte. Oder ob ich irgendetwas von Oliver bei ihnen wiederentdecken würde. Von einem Testament oder gar einer Schwester hatte Oliver bis jetzt noch nichts erwähnt.

Er briet das Gemüse in ein wenig Sojasauce und Erdnussöl an, goss Kokosmilch darüber und rührte kräftig um, bevor er mir antwortete. »Meine Eltern haben erstaunlich gut Buch geführt, wie oft und wann Katja sich bei ihnen Geld geliehen hatte. Ein Brief erklärte, dass sie so vermeiden wollten, dass ich für meinen langweiligeren Lebensstil auch noch bestraft wurde. Also hatten sie fein säuberlich alles ausgerechnet. Ich bekam das Haus. Katja ein bisschen Geld.«

»Was hat sie dazu gesagt?« In den Dramen, die ich im Bekanntenkreis hin und wieder mitbekommen hatte, war es dann immer sofort vor Gericht gegangen.

»Nicht viel«, erklärte Oliver. »Sie ist wieder verschwunden. Nach Indien, wenn ich das richtig mitbekommen habe. Sie wollte auf eine spirituelle Reise gehen, um sich von ihren Eltern zu verabschieden. Von dieser Reise hat sie sich nur selten gemeldet, in den letzten drei Jahren hatte ich keine Adresse oder Telefonnummer von ihr. Also konnte ich ihr nicht schreiben, dass ich mich in dich verliebt habe und wir jetzt die großartigste aller Töchter haben.« Bei diesem letzten Satz lächelte er mich an.

»Was hat sie dann hierhergeführt?«, fragte ich Oliver. Er schien schon von der Frage überrascht.

»Ich habe sie nicht gefragt«, gab er zu. »Sie ist heute Nachmittag mit ihrem Rucksack und ihrer Einkaufstüte voller Joghurt und Tofu aufgetaucht und hat gefragt, ob sie ein paar Tage bleiben könnte. Bis sie sich wieder eingewöhnt hat, hat sie erklärt. Dann hat sie sich einen Tee gemacht, ist im Wohnzimmer verschwunden und hat noch etwas von Jetlag gemurmelt. Ich nehme also an, dass sie direkt aus Indien hier angekommen ist.«

Während er sein legendäres Thai-Curry mit Zitronengras, Ingwer und Knoblauch würzte, dachte ich über das nach, was er mir eben gesagt und was ich eben gesehen hatte. »Was ich nicht verstehe … warum hast du ihr nicht wenigstens das Bett gemacht? Ein Kissen und eine Decke bezogen? Wenn ich das richtig gesehen habe, liegt sie doch einfach mit allen ihren Kleidern auf unserer Couch und hat nur die dünne Babydecke, die da liegt, über sich ausgebreitet. So geht man doch nicht mit Gästen um …?«

»Sie ist ja auch kein Gast«, wehrte Oliver etwas unwirsch ab. »Sie ist nur meine Schwester.«

»Nun, für mich ist sie ein Gast. Und ich kümmere mich jetzt erst einmal um Bettzeug. Und ein Handtuch – irgendwann wird sie ja aufwachen und vielleicht duschen wollen.« Die Gefühlskälte meines Mannes überraschte mich. Er, der sonst immer um das Wohlbefinden aller Menschen besorgt war, wollte ganz offensichtlich keinen einzigen Gedanken an seine Schwester vergeuden. Merkwürdig.

Entschlossen holte ich Bettzeug und ein frisches Handtuch und richtete beides für den Augenblick her, in dem Katja unser Wohnzimmer wieder verlassen würde. Insgeheim erhoffte ich mir die Aufdeckung von so manchem Familiengeheimnis durch Olivers obskure Schwester – und war sehr neugierig, wie die weibliche Version meines Traummannes aussah.

Aber erst einmal rührte sich in unserem Wohnzimmer nichts. Also verschwanden wir mit dem köstlich duftenden Thai-Curry in unserem Esszimmer. Ich häufte gerade zum zweiten Mal einen Berg Basmati-Reis auf meinem Teller, als ich hörte, wie sich die Tür zum Wohnzimmer öffnete und nackte Füße auf dem Parkett im Flur näher kamen. Sekunden später ertönte im breitesten Pfälzisch: »Das riecht ja lecker! Krieg ich auch etwas?«

Ich drehte mich neugierig um. Zierlich, klein, braungebrannt und mit den gleichen unordentlichen Haaren wie ihr Bruder stand Katja in der Tür, sah mich ungerührt an und wandte sich dann an ihren Bruder.

»Willst du mich nicht deiner neuen Freundin vorstellen? Und einen Teller holen?«

Unwirsch deutete Oliver in Richtung Küche. »Die Teller sind da, wo sie schon immer waren. Und die Frau ist nicht meine Freundin.«

Katja sah mich etwas genauer an. Ohne ein Wort

zu sagen, nahm sie mich in Augenschein. Etwas länger blieb ihr Blick an meinen Hauspuschen hängen. Pink und aus Filz. »Sieht aber so aus, als wäre sie hier zu Hause!«, stellte sie dann fest.

Um die peinliche Situation zu entschärfen, reckte ich ihr meine Hand entgegen. »Alex!«, erklärte ich. »Und ich bin Olivers Frau.«

Etwas überrascht schüttelte Katja meine Hand und musterte mich aus ihren dunklen Augen. Ohne den Blick von mir abzuwenden, redete sie weiter mit ihrem Bruder. »Was hast du mit Sabrina gemacht?«

»Mich getrennt. Als ich Alex kennengelernt habe, haben wir uns scheiden lassen.« Noch knapper konnte man wohl kaum antworten. Und das bei Oliver, der sonst so gerne redete.

»Schade. Ich konnte Sabrina gut leiden«, erklärte seine Schwester. Ich erwog kurz, ob ich Bettzeug und Handtuch wieder verschwinden lassen sollte.

Katja sah mich wieder an. »Aber wahrscheinlich bist du auch in Ordnung«, befand sie schließlich. »Du hast eine gute Aura.«

Danke.

Ohne ein weiteres Wort setzte Katja sich an den Tisch und nahm sich reichlich von unserem Abendessen. Erst in diesem Moment bemerkte ich, dass Oliver keine dritte Portion gekocht hatte. Vielleicht hatte er ja nicht damit gerechnet, dass sie so schnell wieder aufwachte.

Sie fing an, sich das Essen mit einer Geschwindigkeit in den Mund zu schaufeln, die wahrlich besorgniserregend war. Heimlich freute ich mich, dass ich schon einen Teller Vorsprung hatte. Zwischen zwei Bissen sah sie mich kauend an. »Un' was machst du so?«

Ihr Pfälzisch war wirklich unglaublich. Ich musste mir jeden ihrer Sätze erst in Hochdeutsch übersetzen, bevor ich antworten konnte.

»Ich habe eine Marketingagentur!«, erklärte ich. »In München, zusammen mit einer Freundin. Wir machen Werbung und Events.«

Sie runzelte die Stirn. »Voll dem Konsum verschrieben, was? Wofür machst du denn Werbung?«

Ohne zu zögern, erzählte ich von Mr. Squid, Cushi & Co. War ja immerhin eine Erfolgsgeschichte, da konnte ich schon ein bisschen stolz sein. Katjas Stirn verdüsterte sich, während ich redete.

»Hast du dir mal überlegt, wie sehr diese Produkte die Umwelt belasten?«, fragte sie schließlich. »Du musst doch auch mal an die Zukunft denken. Mit dem tiefgefrorenen Fast Food wird nur alles immer noch schlimmer ... da saufen die Eisbären einfach ab!«

»Ich glaube nicht, dass der Verzehr von Tintenfischringen, Sushi und Currywurst so direkt im Zusammenhang mit der globalen Erwärmung zu sehen ist ...«, wagte ich einen Widerspruch.

Katja schüttelte resolut den Kopf. »Doch. Gerade diese kleinen Sachen sind es doch, bei denen wir wirklich etwas ändern können!«

»Zum Beispiel die Fliegerei zwischen Delhi und Frankfurt«, warf Oliver ein. Nicht ganz zu Unrecht, wie ich fand.

»Ich bin das erste Mal seit drei Jahren wieder hierhergeflogen«, verteidigte Katja sich. »Und wenn es einen besseren Weg gäbe, würde ich ihn sofort nehmen. Aber die Sache mit dem Auto ist wirklich schwer, solange es in Afghanistan so wenig sicher ist!«

An den Landweg nach Indien hatte ich eben weniger gedacht … aber Katja redete einfach weiter. »In unserem Dorf haben wir keinen Strom, das Wasser pumpen wir aus einem Brunnen nach oben – ich denke, sehr viel neutraler kann man sich kaum verhalten. Schade, wenn du auch noch Werbung für eine so zerstörerische Lebensweise machst.«

Meine Gabel blieb im Reis stecken. Eine Grundsatzdiskussion über Sinn und Unsinn der Konsumgesellschaft war genau das Gegenteil von dem, was ich mir zur Erholung an diesem Abend gewünscht hatte. Aber wenn Katja das haben wollte – gerne. Ich holte tief Luft und stand im Begriff anzufangen, Katja etwas über die Zusammenhänge von Weltwirtschaft, Klimaschutz und dem Aufblühen der Dritten Welt zu erklären. Ich bin mir nicht sicher, ob sie mir diesen Ausbruch jemals verziehen hätte …

Leider beendete ein Quäken aus dem Babyfon in dieser Sekunde das Gespräch. Katja bemerkte zum ersten Mal das kleine Gerät, das die ganze Zeit formschön neben dem Reis gestanden hatte und entfernt an einen Salzstreuer erinnerte.

Ich lächelte und griff danach. »Ich würde einfach zu gerne mit dir reden. Aber deine Nichte möchte genau jetzt eine neue Wegwerfwindel. Ökologisch echt schlimm, ich weiß.«

»Meine Nichte«, plapperte Katja mir mit reichlich blödem Gesicht nach.

»Ja«, nickte ich. »Oliver kann dir die Einzelheiten erklären!« Damit verschwand ich in Hannas Zimmer. Sie streckte mir ihre Flasche entgegen. »Leer!«, erklärte sie dabei.

Während ich die Flasche auffüllte, hörte ich laute Stimmen aus dem Esszimmer. Über was regte Katja sich nur auf – ein Kind konnte doch wohl kaum gegen ihre Lebensphilosophie sein. Oder doch? Wer weiß, vielleicht vernichteten die Darmwinde meiner Tochter auch die Atmosphäre. Hin und wieder rochen sie durchaus bedrohlich.

Als ich Hanna beruhigt hatte, kam ich zurück an den Esstisch. Katja hatte sich offensichtlich noch nicht von dem Schock erholt.

»Wie alt ist sie denn?«, fragte sie in diesem Moment. »Und warum hast du mir das nicht als Erstes gesagt? Immer musst du Mr. Obercool sein. Der Mann, der die Zähne nicht auseinanderbekommt.«

Oliver schüttelte den Kopf. »Wie hätte ich dich in deinem Wolkenkuckucksheim denn erreichen sollen? Die Brieftauben fliegen nicht so weit, und du hast bei deinem letzten Abgang ja nicht einmal eine Adresse hinterlassen. Wenn du im Ganges ertrunken wärst, dann hätte ich auch nichts gehört!«

Dem hatte Katja offensichtlich nichts entgegenzusetzen. Sie zuckte halbherzig mit den Schultern. »Alla… wie alt ist sie denn? Wie heißt sie?«

»Hanna. Siebzehn Monate.« Noch knapper hätte Oliver seine Antwort nicht fassen können. Missbilligend sah er Katja zu, wie sie die letzten Reiskörner aus der Schale zusammenkratzte. Sie bemerkte das nicht, sondern fragte unbefangen: »War das der Rest?«

»Ja. Meine Frau und ich sind satt.«

Katja ließ sich von der geballten Unfreundlichkeit ihres Bruders nicht aus dem Konzept bringen. Sie stand auf, fand in der Küche offensichtlich noch ein Stück Baguette, kam wieder und wischte den Rest des Currys aus dem Wok.

»Und? Ist sie niedlich? Wem ist sie ähnlich? Geht sie schon in den Kindergarten?« Immerhin stellte Katja die richtigen Fragen. Ich sah Oliver an, dass er weiter nichts sagen wollte, also fing ich an zu reden. Natürlich niedlich, Oliver wie aus dem Gesicht geschnitten, Kindergartenplätze leider erst ab zwei.

Katja nickte, gähnte herzhaft – und erklärte dann, dass sie sich darauf freuen würde, Hanna am folgenden Morgen kennenzulernen. Und mit diesen Worten schnappte sie sich Bettdecke, Kissen und Laken und ließ die Tür zu unserem Wohnzimmer wieder hinter sich zufallen.

Ich schenkte mir noch ein Glas Wein ein. Meinen Traum von einem gemütlichen Abend auf der Couch konnte ich sowieso vergessen – also versuchte ich, Oliver noch ein bisschen nach seiner Schwester auszufragen. Aber er blieb wortkarg. Das Wenige, was ich aus ihm herausbrachte, machte schnell klar: Er war von ihr immer als der spießige

Pfälzer verlacht worden, der über seinen Dürkheimer Tellerrand nicht hinaussehen mag. Und sie hatte sich selber immer von allen Freunden und Verwandten als den großen Freigeist feiern lassen – die wussten ja nicht, dass ihre Freiheit immer von ihren Eltern finanziert worden war.

Die Stimmung für den Abend war ohnehin nicht die beste – ich verschwand einfach im Bett. Und fragte mich wieder einmal, wie ich nur an Menschen mit so komplizierten Hintergründen hatte geraten können. Dabei war ich doch nur eine friedliche Marketingfrau mit einem übersichtlichen Bündel an Problemen …

Am nächsten Morgen tauchte Katja rechtzeitig zum Frühstück wieder in unserem Esszimmer auf. Sie roch nach Patchouli und begutachtete Hanna, die mit großer Sorgfalt die Erde meiner Zimmerpalme in eine Bodenvase umfüllte, während ich in unterschiedlichen Tonlagen »Hanna, lass das!« sagte.

Anfangs gelassen, etwas später entnervt, nach zwei Minuten laut brüllend. Katja runzelte die Brauen, als ich schließlich zu körperlicher Gewalt griff, mir mein missratenes Kind unter den Arm klemmte und in die Küche trug. Zurück im Esszimmer, kippte ich die Erde wieder zurück zu meiner Palme, fegte die Krümel auf dem Boden zusammen – und setzte mich wieder. Nach einem langen, wunderbaren Schluck Kaffee lächelte ich meine neu gewonnene Schwägerin an. »Guten Morgen! Hast du gut geschlafen?«

Katja nickte. »Sicher.« Sie deutete in die Richtung der Küche, aus der nur noch ein leises Heulen kam. »Hast du keine Angst, dass aus deiner Kleinen ein seelischer Krüppel wird? Vielleicht wollte sie sich mit der Erde ja nur ein bisschen ausdrücken, ihre anale Phase mit einem Hilfsmittel kompensieren ...«

»Nein«, erklärte ich entschieden. »Sie möchte einfach nur spielen. Klingt putzig – aber ich habe mich entschieden, dass sie keine Bücher zerreißen darf, keine Blumen zerstampfen darf, meine Katze nicht quälen und keine Pflanzen ausbuddeln darf. Ich habe nicht viele Gesetze für Hanna – aber bei den wenigen, die ich habe, bin ich unerbittlich. Und ich kann mir nicht vorstellen, dass sie das auch nur im Geringsten beeinträchtigt in ihrer Entwicklung.«

In dieser Sekunde erschien mein Töchterchen mit seinem Spielzeugbesen in der Tür und fing an, rings um die Zimmerpalme kräftig zu fegen. Dabei strahlte sie mich immer wieder an. »Helfen! Aufräumen!«, erklärte sie dabei.

Ich war fast gerührt. Bis Katja doch noch das letzte Wort haben musste.

»Ein kleiner Sklave deiner Ordnungswut. So entstehen unfreie Menschen!«, murmelte sie. Und nahm sich noch einen Kaffee aus meinem schicken Schweizer Vollautomaten, bei dessen Herstellung ganz bestimmt ein paar Eidgenossen hatten schwitzen müssen. Heimlich begrub ich meine Hoffnung des Vorabends, dass ich künftig eine kostenlose

Babysitterin und Betreuerin im Haus haben würde. So wie ich das sah, wollte ich doch lieber nicht, dass Katja auf mein Kind oder mein Haus aufpasste.

Ich-Barometer

Positiv:
Ich habe eine Schwägerin.
Negativ:
Und sie ist bei mir eingezogen.

15

Heiß-kalte Nächte

In den nächsten Wochen musste ich mich an den Tofu in meinem Kühlschrank gewöhnen. Und auch daran, dass mein Wohnzimmer zu Katjas Wohnzimmer geworden war. Es mag ja sein, dass es andere Freizeitbeschäftigungen als Fernsehen gibt, aber ich hätte gerne selber beschlossen, weniger Krimis zu sehen. So wie es jetzt aussah, musste ich meine Schwägerin sogar um Erlaubnis bitten, wenn ich nur für die Tagesschau anschaltete.

Hin und wieder fragte ich nach, wann sie denn eigentlich nach Indien zurückreisen wollte. Dann zuckte sie geheimnisvoll mit den Schultern und murmelte »Wenn die Zeit dafür reif ist.« Ich fand sie bereits überreif, aber offensichtlich stand ich mit dieser Meinung alleine da.

Nicht ganz. Oliver verfolgte weiter die Strategie, dass er seine Schwester mit maximaler Unfreundlichkeit vertreiben wollte. Er bot ihr nichts an, weder vom Kaffee noch vom Essen. Katja schien das nicht einmal zu bemerken. Sie nahm sich einfach vom Kaffee und aus den Töpfen, so als sei es das Selbstverständlichste der Welt, dass wir für sie kochten. Nur eine Person aus unserem Haushalt war begeistert. Hanna liebte ihre Tante aus ganzem Herzen.

Sie spielte ständig mit ihr. Von Katja kam nie ein genervtes »Ich muss jetzt arbeiten, da musst du dich alleine beschäftigen«. Stattdessen lag sie neben Hanna auf dem Boden und schob Playmobil-Figuren herum, legte mit ihr siebenteilige Puzzles oder las Bilderbücher vor. Offensichtlich unermüdlich − und dabei strahlte Katja auch noch eine derartige Gelassenheit aus, dass sogar meine scheue, altersschwache Katze Holly sich immer wieder zu den beiden gesellte und schnurrend danebensaß.

»Vielleicht sollten wir Katja als Kindermädchen engagieren«, flüsterte ich Oliver irgendwann zu. Er sah mich so erschrocken an, als ob ich die Anschaffung einer mittelgroßen Würgeschlange vorgeschlagen hätte. »Nur über meine Leiche!«

»Deine Tochter findet Katja super!«, widersprach ich. Halbherzig. Ich wollte sie ja auch nicht an meinem Tisch haben, und über den Konsumterror als solchen wollte ich schon lange nicht mehr diskutieren.

»Das mag sein. Aber ist dir aufgefallen, dass Hanna anfängt Pfälzisch zu reden? Ich bin mir sicher, dass ich heute Morgen ein erstes Alla gehört habe!«

Nicht-Pfälzern muss man dieses Alla kurz erklären. Es handelt sich um einen mickrigen Überrest des französischen »Allez«, den Pfälzer häufig ins Gespräch flechten, aber auch benutzen, um so ein Gespräch zu beenden. Es funktioniert auch als Bestätigung, wenn ich das richtig beobachtet habe … auf jeden Fall ist Alla in der Sprache das, was der Saumagen im Restaurant ist: Noch mehr Pfalz geht nicht!

»Okay«, grinste ich. »Dann hoffen wir weiter auf den Start in den Kindergarten im August. Ist ja nur noch ein halbes Jahr …«

»… und wer weiß, wie viele Wochen davon uns meine Schwester noch erhalten bleibt«, vollendete Oliver meinen Satz.

»Länger als uns lieb ist«, wagte ich eine Prognose. Meine Vermutung sollte im Lauf der nächsten Wochen zur Gewissheit werden. Egal, was wir sagten: Katja blieb bei uns. Sie spielte allerdings auch bereitwillig den Babysitter, wenn wir einmal abends ins Kino gingen oder mit Freunden ein Restaurant besuchten.

Ich genoss diese freien Abende – musste allerdings feststellen, dass es fast unmöglich war, sich schick anzuziehen. Irgendwie hatte ich nach Hannas Geburt meine ehemalige Figur nicht zurückbekommen. Das waren nicht nur die überflüssigen Pfunde. Die waren lästig genug und ließen sich auch durch intensives Baucheinziehen nicht leugnen. Nein, es ging auch um die wundersame Vergrößerung der Körbchengröße. Ich hatte wirklich nur fünf Monate gestillt. Aber mein Vorbau blieb irgendwie in Alarmbereitschaft und fand nie wieder zu seiner kleinen, handlichen Form zurück. Meine nächste Entdeckung war die merkwürdige Sache mit den Kleidergrößen. Alles passte – nur über meiner Brust spannte bei jeder Bluse der Knopf, als sei ich Dolly Buster höchstpersönlich. Einige Monate später gab ich endgültig auf und verschenkte meine unpassenden Blusen und Pullover an alle möglichen Freundinnen und Bekannte, die noch kein Kind bekommen hatten. An einem der Abende, an denen Katja Hanna sittete und ich ein bisschen besser als eine abgearbeitete Mutter aussehen wollte, stand ich allerdings verzweifelt vor dem Spiegel und zupfte an meinen Blusen, damit sie sich über der Brust ein wenig weiteten. Völlig vergeblich. Das Gleiche traf übrigens auf meine sündhaft teuren High Heels zu. Sie passten nicht mehr! Mit Ende dreißig hatten meine Füße offensichtlich einen Wachstumsschub hingelegt, der mich dazu zwang, neue Schuhe zu kaufen. Noch ein Jahr vor Hannas Geburt wäre das ein Fest geworden: Endlich enthemmt Schuhe kaufen, und das mit einem guten Grund. Jetzt lief ich in die Schuhläden Bad Dürkheims, probierte ein paar praktische flache Sneaker an und war zufrieden. Wenn man ständig einen Buggy vor sich herschubste oder mit einem Kind im Arm über Kopfsteinpflaster balancierte, dann war etwas Schickeres einfach nicht drin. Das Ende vom Lied: An den wenigen Abenden, an denen ich mal wieder was hermachen wollte, stand ich lange und ausdauernd fluchend vor dem Spiegel, um dann doch wieder mit dem Look aller jungen Mütter loszuziehen: Jeans, Sneaker, T-Shirt und Pferdeschwanz. Immerhin hatte ich ein gutes Make-up für meine Augenringe.

Bei ihrem Babysitterjob verfolgte Katja allerdings hin und wieder eigenwillige Ziele. Irgendwann im März kamen wir um Mitternacht nach Hause, um von einem heulenden Kind und einer leicht verzweifelten Katja begrüßt zu werden.

»Sie heult schon seit einer Stunde!«, erklärte sie. »Ist aufgewacht und weint seitdem.«

Hanna streckte ihre Ärmchen Hilfe suchend nach mir aus. Ich nahm sie in die Arme, und zwei eiskalte Ärmchen legten sich mir fest um den Hals. Überrascht sah ich meine Schwägerin an. »Wieso ist sie denn so kalt?«

Katja zuckte mit den Achseln. »Ich habe mir gedacht, dass der Schlafsack sie zu sehr in ihrer Freiheit beengt – und habe deswegen lieber eine Decke über sie gelegt. Keine Sorge – das war die dicke Decke, die immer über dem Fußteil von ihrem Bett liegt.«

Diese Decke war bei Hanna noch nie im Einsatz gewesen. Meine Tochter strampelte im Schlaf und robbte in allen möglichen und unmöglichen Stellungen durchs Bett – da hatte eine Decke einfach keine Chance. Wann immer ich in ihr Bett sah, lag sie in einer anderen Haltung: Mal alle viere von sich gestreckt auf dem Rücken, dann wieder als kleines Paket mit hoch gerecktem Hinterteil in einer Ecke. Nur eins war sicher: Sie war alle fünf Minuten woanders.

Ich atmete tief durch, bevor ich antwortete.

»Sie trägt den Schlafsack nicht etwa deswegen, weil ich sie über Nacht fesseln will. Sie friert mit einer Decke – und zwar deswegen, weil die Decke höchstens zehn Minuten auf ihr liegt. Und vielleicht ist es im März noch ein bisschen frisch, um ausgerechnet jetzt mit dem Schlafen ohne irgendetwas anzufangen!?« Eigentlich träumte ich davon, Katja einfach einmal nackt über den Wurstmarkt-Platz zu jagen. Aber ich bemühte mich um Freundlichkeit. Recht erfolgreich, wie ich fand.

Oliver war da schon weniger verbindlich. »Wir sind hier nicht in Indien, du dämliche Kuh!«, explodierte er. »Das ist Deutschland. Das Land mit dem Winter. Erinnerst du dich wenigstens ein bisschen daran? Du kannst doch die arme Kleine nicht einfach frieren lassen, bloß weil es dir gerade einfällt, dass sie nicht aus eigener Kraft aus dem Schlafsack herauskommt. Ist dir aufgefallen, dass sie in einem Gitterbett schläft? Aus dem kann sie nachts auch nicht heraus. Und ich kann mir nicht vorstellen, dass sie deswegen ein Gefängnis-Trauma erleidet!«

Hanna kuschelte sich eng an mich, während Oliver weiter seine Schwester beschimpfte. Ich verließ schweigend den Ort des Kampfes und zog mich in unser Schlafzimmer zurück. Kaum lag ich unter der Bettdecke, krabbelte Hanna an meinen Bauch, krähte noch einmal leise und schlief tief und fest ein. Als menschliche Wärmeflasche taugte ich offensichtlich ganz wunderbar.

Oliver kam sehr viel später zu uns ins Bett. Verschlafen blinzelte ich ihn an. »Geht sie jetzt?«

Er schüttelte den Kopf. »Ich fürchte, da braucht es mehr als einen wütenden Bruder. Ein kleines Räumkommando oder so ...«

Damit nahm er mich liebevoll in den Arm. Ich drängte mich an ihn, bis unser Kind zwischen uns leise protestierte. Damit war die Zärtlichkeitsattacke für diesen Moment auch schon wieder vorbei.

Aus den Gesprächen mit den anderen Müttern am Kinderspielplatz oder bei den Palatinis wusste ich: Die Diskussion um das zweite Kind wurde erbittert geführt. Wann war der richtige Zeitpunkt? Zwei Kinder unter zwei Jahren war ein Alptraum, aber mit ein bisschen Glück konnten die beiden irgendwann zusammen spielen. Oder doch drei oder vier Jahre Abstand, damit man nicht für zwei Kinder Windeln bereitstellen musste? Was dabei nie erwähnt wurde, war eine der Grundvoraussetzungen für das Kinderkriegen: Regelmäßiger Beischlaf. Nach der Geburt hatte ich große Hoffnungen, dass sich das alles irgendwann wieder einpendeln würde. Dann, wenn Hanna in ihrem eigenen Zimmer schlafen oder ich sie abstillen würde. Oder sie nur noch einmal die Nacht aufwachen würde. Oder wenn sie irgendwann einmal durchschlafen würde. Immer wieder stellte ich mir neue Termine vor, an denen das Wunder passierte: Oliver würde sich wieder hemmungslos für mich interessieren – oder ich würde ihn morgens und abends verführen, um endlich all die vergangenen Wochen und Monate, in denen nichts gelaufen war, nachzuholen.

Die Wahrheit? Abend für Abend nahmen wir uns liebevoll in den Arm, versicherten uns unserer Liebe und drehten uns dann den Rücken zu, um sogleich tief und fest einzuschlafen. Ohne Streit, ohne Missgunst, sehr freundschaftlich. Wir waren eben einfach zu müde.

Oliver hatte seine ganz eigene Theorie zu diesem Thema. »Die anderen Eltern sind viel jünger! Da hat die Natur es so eingerichtet, dass der Sexualtrieb der stärkste ist, den es gibt. Je älter man wird, desto mehr wird die Gier dieses Triebes verfeinert und umgesteuert auf viele unterschiedliche Bedürfnisse. Plötzlich will man ausgeschlafen sein, lecker essen gehen und dazu ein feines Glas Wein trinken.«

Ich sah ihn verständnislos an. »Du meinst, Gourmets sind einfach nur Menschen mit einem verwirrten Sexualtrieb?«

Er nickte damals nur, ich kümmerte mich wenig um sein Gerede. Wahrscheinlich war ich zu müde.

Inzwischen musste ich ihm recht geben. Wir gingen sehr viel häufiger miteinander essen, als wir in unserem Ehebett aktiv waren.

Aber ich gab die Hoffnung nicht auf. Regelmäßig nahm ich meine Pille, um gegen eine Neuauflage von Hanna gewappnet zu sein, sollte sich denn die Möglichkeit ergeben, dass sie entstehen könnte. Das war wohl so ähnlich wie mit unserem Zeitungsabo: Das Abbestellen wäre das endgültige Eingeständnis gewesen, dass ich jede Hoffnung auf die angenehmen Seiten des Lebens aufgegeben hatte. Und so weit war ich nicht. Noch nicht.

An unserem Zustand änderte sich übrigens auch nichts, als nur eine Woche später das Babyfon eine ganze Nacht lang schwieg. In Panik stürzte ich in Hannas Schlafzimmer, nur um eine friedlich schlafende Tochter vorzufinden. Die nächste Nacht das gleiche Spiel. Hanna wachte nicht mehr auf und wollte nicht mehr essen. Zumindest nicht mehr um ein Uhr nachts. Nach ein paar Tagen rief sie zwar

mitten in der Nacht nach mir, wollte aber nur kuscheln. Die angebotene Milch lehnte sie mit einem klaren »Eklig!« ab. Wir haben den Rest der Gute-Nacht-Milch – angeblich lange sättigend für einen ruhigen Schlaf – verschenkt. Eine neue Phase brach an: die des ungestörten Schlafes. Und eine gnädige Amnesie senkte sich auf uns beide herab – schon nach wenigen Wochen waren wir uns einig, dass es doch so schlimm gar nicht gewesen war …
Das musste ein weiterer Grund sein, warum viele Eltern in diesem Moment an ihr zweites Kind dachten!

Ich-Barometer

Positiv:

Wir lieben uns …

Negativ:

… und das Luder Libido bleibt weiter versteckt.

16

Kind, Karriere, Krankenhaus

»ICC! ICC!« Quengelnd riss Hanna an den Gurten ihres Buggys, in dem ich sie ordentlich fixiert hatte. Seit drei Minuten sollte unser Zug nach München da sein, ich war mindestens ebenso ungeduldig wie meine Tochter. Ich verkniff mir allerdings das Heulen. Ihre Lautstärke wurde mit jedem Augenblick größer – aber mit einer Reisetasche, einer Wickeltasche, einer Laptoptasche und dem Buggy war ich mir ganz sicher, dass ich nicht noch ein frei laufendes Kind haben wollte. Zum Glück erschien in diesem Moment das weiß-rote Ding im Mannheimer Bahnhof, es würde nicht mehr lange dauern, bis ich ihr im Kleinkinderabteil endlich die Freiheit zurückgeben konnte. Ein hilfsbereiter Zugbegleiter hob mir den Buggy samt heulender Hanna in den Zug hinein – und ich wappnete mich wieder einmal gegen den üblichen Kampf um die wenigen Plätze im Abteil. Nichts. Dieses Mal gähnten mir leere Bänke entgegen, ich konnte meinen Buggy gemütlich in die dafür vorgesehene Ecke schubsen, Hanna von ihren Qualen befreien und mich innerhalb weniger Minuten mit Bilderbüchern, Brezelstücken und Luftballons breitmachen.

Leider hatte Hanna diesmal wenig Spaß an ihrem

Platz. Sie spulte routiniert ihr Programm von Bistro bis Windelwechseln ab – und legte sich dann einfach auf die Bank, um einzuschlafen. Ich war fassungslos. Meine Tochter, die sonst keine Sekunde ihren kleinen Windelhintern ruhighalten konnte, schlief freiwillig?

Aber ich hatte meine Lektion gelernt: Keine Sekunde ungenutzt verstreichen lassen: die Gelegenheit für eine ungestörte Minute musste beim Schopf gepackt werden. Ich klappte den Laptop auf, der mich mit der üblichen, ohrenbetäubenden Fanfare empfing. Warum nur vergaß ich immer wieder, den Lautsprecher auszuschalten? Ich schielte angespannt zu meiner schlafenden Tochter herunter. Mit geröteten Wangen saugte sie an ihrem Schnuller und schlief einfach weiter.

Beruhigt machte ich mich an die Arbeit. Nicki hatte bei unserem letzten Meeting angemahnt, dass meine Arbeit zu wünschen lassen würde. Und das wenig charmant. Um ehrlich zu sein: Sie hatte mich angeschrien. Der letzte Satz der am Telefon geführten Diskussion? »Du interessierst dich doch nur noch für den neuesten Haufen in der Windel deiner Tochter, seitdem du mit deinem dicken Bauch nach Bad Dürkheim abgerauscht bist.« Nichts, was man von einer Kollegin erwartet hätte, die man gar für eine Freundin gehalten hatte. Ich hatte empört aufgelegt.

Dann Oliver etwa zwei Stunden lang die Ohren vollgejammert, wie ich ein Opfer von solch himmelschreiender Ungerechtigkeit werden konnte. Um dann zwei Tage später meine Arbeit kritisch unter die Lupe zu nehmen.

Was war mir da nur zu Mr. Squid eingefallen? Pinguine mit Calamaresringen auf den Schnäbeln? Begeisterte Eskimos? Wenn ich ehrlich war … originell war da wohl ganz etwas anderes. Es wurde Zeit, dass ich aufhörte zu jammern und endlich wieder zu einer unentbehrlichen Spitzenkraft wurde. Seitdem sah Oliver mich nur noch selten vor dem Fernseher. Wenn meine Tochter schlief oder bei den Palatinis war – oder mit ihrem Vater einen Ausflug in den Supermarkt unternahm, dann saß ich vor meinem Computer. Seit einer Woche zwang ich mich dazu, endlich wieder richtig zu arbeiten. Und das Wunder geschah. Meine Sprüche wurden origineller, meine Kampagne nahm an Fahrt auf. Bei diesem Besuch in München wollte ich mich jeden Tag mit meinem Kunden treffen und ihn von einem neuen Logo, einem neuen Claim und einer neuen Ausrichtung seiner gesamten Werbekampagne überzeugen. Nichts leichter als das.

Ganz nebenbei wollte ich Christian mit seinem »100 % Pälzer« auf den richtigen Weg bringen. Während der letzten Tage hatte ich mit unserem kleinen Camcorder ausnahmsweise mal nicht meine niedliche Tochter gefilmt – sondern unsere bezaubernden Verkäuferinnen in der Metzgerei gegenüber (»Wollese noch a Worscht?«), die Bedienungen im Café (»Natürlich is da Kammerwein. Den kammer trinken!«) bis hin zu Katja (»S'kummt nur auf den Schpirit o!«). Lauter Pfälzer, die weder sich noch ihren Dialekt verstellen wollten. Die schnitt ich alle hintereinander zu einer Art Pfälzer-Rap und setzte das bei YouTube ins Netz – drei Versionen, immer mit dem Hinweis auf Christians Produkte.

Fast fühlte ich mich wie früher.

Erst kurz vor München merkte ich, dass ich schon seit fast drei Stunden konzentriert arbeitete – und Hanna einfach nur schlief. Stirnrunzelnd sah ich sie an. Sie hielt zwar noch regelmäßig einen Mittagsschlaf, der aber höchstens zwei Stunden lang war. Und jetzt, am helllichten Vormittag, drei Stunden Schlaf? Irgendwie war ich viel zu begeistert über meine ungestörte Arbeitszeit gewesen, als dass ich mich gewundert hätte. Ich streckte meine Hand aus und fuhr ihr über die Stirn – und zuckte sofort zurück. Hanna glühte. Auch ohne Fieberthermometer war klar, dass die Kleine richtig krank war. Das erklärte auch die rosigen Wangen, die ich vor knapp drei Stunden noch niedlich gefunden hatte.

Als wir in München einliefen, wickelte ich sie vorsichtig in meine Jacke und legte sie in den Buggy. So schnatterte ich beim Aussteigen und miesen fünf Grad bei Nieselregen zwar ohne Ende – aber mein Kind war wenigstens vor den übelsten Winden geschützt.

Meine Mutter überblickte die Situation sofort. »Krank? Warum hast du sie überhaupt mitgebracht?«, fragte sie, nachdem sie nur einen einzigen Blick auf ihre Enkelin geworfen hatte.

Meine Sorge, gepaart mit meinem üblichen Temperament, sorgte für eine reichlich patzige Antwort. »Zu Hause war sie noch nicht krank, was denkst du denn? Was sollen wir jetzt tun?«

»Wir holen in der Apotheke Fieberzäpfchen!«, entschied meine Mutter.

Richtig. Das waren die Dinger, die mir meine Kinderärztin bei meinem ersten Besuch vorbeugend mitgegeben hatte und die jetzt völlig nutzlos in unserem antiken Apothekenschränkchen in Dürkheim herumlagen.

Wir fuhren also zu einer Apotheke, der freundliche Herr hinter der Theke reichte uns das richtige Medikament – und bei meinen Eltern konnte ich wenigstens messen, wie hoch das Fieber tatsächlich war. 39,8. War das hoch für ein Baby? Musste ich mir Sorgen machen? Normalerweise befragte ich in so einem Fall immer das Google-Orakel. Da gab es immer eine Antwort, darauf konnte ich mich verlassen.

Meine Eltern hatten kein Internet. Kein richtiges. Mein Vater hatte ein Modem aus analogen Urzeiten, von dem er behauptete, dass es hervorragend funktionierte. Wenn man so viel Zeit wie ein Rentner hatte, mochte das stimmen. Wenn ich allerdings zusah, wie sich eine Webseite aufbaute, dann sah ich vor meinem inneren Auge mein komplettes Leben ablaufen. So lange fühlte sich das zumindest an …

Also nahm ich die zweitbeste Lösung. Ich telefonierte mit Oliver. Der hatte zwar auch keine Ahnung, aber immerhin handelte es sich um seine Tochter, oder? Er war schrecklich aufgeregt, fand einen Krankenhausbesuch aber dann doch übertrieben. Ich vertraute ihm, schob meiner Tochter ein Zäpfchen in den Hintern und schaukelte sie auf meinem Schoß wieder in den Schlaf.

Als sie zwei Stunden später wieder aufwachte, leerte sie fast ohne Pause gleich zwei Fläschchen voller Wasser und hatte 40,2. Das war alarmierend, das wusste ich auch ohne Google. Was konnte mein armes Kind nur haben?

Ich wickelte sie wieder in eine Decke und begab mich zum nächsten Kinderkrankenhaus. In München gingen alle Bekannten mit Kindern – ich hatte davon immerhin zwei – im Fall einer Erkrankung des Nachwuchses ins Klinikum Dritter Orden – und genau das tat ich jetzt auch.

In der Notaufnahme bot sich mir ein Bild des Grauens. Da waren lauter heulende Kinder mit notdürftig verbundenen Armen und Beinen. Daneben andere, die ganz normal spielten. Wieder andere, die nur noch apathisch auf den Armen ihrer Eltern hingen. So wie meine Hanna. Leider fand keine Sortierung nach augenscheinlicher Schwere der Krankheit statt, sondern nur nach dem Zeitpunkt der Ankunft.

Die fröhlich spielenden Kinder verschwanden also in der Notaufnahme und tauchten wenige Minuten später wieder mit einem Medikament gegen Ohrenweh auf. Einem homöopathischen Medikament. Das konnte ja wohl so schlimm nicht sein, wenn die Ärzte noch gar kein Antibiotikum rausrückten. Meine Nase kräuselte sich verächtlich, während ich die Eltern beim Verlassen der Notaufnahme beobachtete. Warum nur gingen die nicht einfach zu einem normalen Kinderarzt?

Draußen war schon finstere Nacht, als Hanna und ich endlich dran waren. Eine fröhliche Ärztin mit Stupsnase und Sommersprossen sah nicht nur aus wie Pippi Langstrumpfs Schwester, sondern benahm sich auch so. Sie sang vor sich hin, während sie noch einmal Fieber maß, erklärte in einem Ton, in dem andere Menschen Witze erzählen, dass Babys häufig so hohes Fieber bekommen und dies kein Anlass für ernsthafte Sorgen sei.

Und dann lächelte sie mich an und erklärte: »Wir würden Sie und Ihre Tochter aber gerne erst einmal hier behalten. Nur um auf Nummer sicher zu gehen!«

»Hier behalten?« Mein Echo klang eher dümmlich. Damit hatte ich nicht gerechnet. Sonst hätte ich wenigstens eine Zahnbürste für mich und einen Schlafsack für Hanna mitgenommen.

Die Ärztin nickte nur, schrieb etwas auf einen Zettel, winkte mir zu und verließ fröhlich vor sich hin singend den Raum. Ich sah auf meinen Zettel.

Die Nummer einer Station, auf der ich mich melden sollte. Keine Information über Hannas Krankheit, über einen Verdacht, über eine vorgeschlagene Behandlung. Nichts. So konnte mich diese Ärztin doch nicht einfach stehen lassen! Ich nahm meine Tochter auf den Arm und rannte hinterher. Im Behandlungszimmer nebenan horchte die Ärztin bereits den nächsten Patienten ab. Ich hielt ihr meinen Zettel unter die Nase. »Da steht gar nicht drauf, was Hanna hat!«, erklärte ich mit anklagender Stimme.

»Weil ich es nicht weiß. Das kann eine harmlose Infektion sein – oder auch etwas Schlimmeres. Das müssen wir noch abklären, da wissen wir vor morgen auch noch nichts. Bitte haben Sie Geduld.«

Sie klang nicht einmal genervt. Sie drehte sich einfach wieder um und kümmerte sich um ihren Patienten. Hanna wimmerte an meiner Armbeuge – und ich machte mich auf den Weg in die Station. Vielleicht konnte man mir dort weiterhelfen. Mit der freien Hand angelte ich mein Handy aus der Handtasche und rief meine Mutter an. Selbst die klang jetzt wirklich besorgt. »Wo steckst du nur so lange?«

»Wir müssen hierbleiben!« Als ich den Satz herauswürgte, brach ich fast in Tränen aus. Mein Kind im Krankenhaus – was konnte es Schlimmeres geben?

Meine Mutter übernahm das Kommando. Das tut sie immer gerne, aber in diesem Augenblick überließ ich ihr gerne diese Rolle. Eine Stunde später waren meine Reisetasche, Hannas Schlafsack und meine Mutter zum Ausheulen da. Die freundliche Stationsschwester hatte uns ein Zimmer gegeben, in dem wir beide übernachten durften – schließlich konnte man ein Kind in diesem Alter noch nicht alleine lassen.

Hanna schlief in ihrem metallenen Gitterbett, während meine Mutter und ich auf dem Krankenhausflur unseren Schlachtplan entwickelten. Ich sollte nachts bei Hanna bleiben – und wenn ich dann in der Früh meinen Jogginganzug gegen mein Businesskostüm und die hochhackigen Schuhe tauschte, dann würde meine Mutter die Tagschicht übernehmen. Ich küsste sie für ihr Angebot, dann verschwand sie mit einem letzten Winken – und ich blieb alleine mit Hanna zurück. Mit meinem Kind, dem kleinen Mädchen mit dem Virus oder der Allergie, jedenfalls einer Erkrankung, die unbedingt abgeklärt werden musste.

»Rechnen Sie mit drei oder vier Tagen bei uns«, hatte mir die Schwester erklärt. So lange wollte ich ohnehin in München bleiben – aber mein Terminkalender war bis oben hin mit Meetings und Präsentationen gefüllt. Ich schlüpfte also in meinen Jogginganzug und legte mich in das schmale Krankenhausbett, das für begleitende Elternteile wie mich vorgesehen war. Ungefähr zu diesem Zeitpunkt fing Hanna an, leise zu wimmern.

Ich nahm sie auf den Schoß, sang leise ein paar Schlaflieder und versuchte, sie mit allen Tricks, die ich kannte, zu beruhigen. Als meine Mutter am nächsten Morgen kam, hatte ich ein paar neue Kniffe erfunden – und insgesamt nur ein oder zwei Stunden geschlafen.

Der Erfinder von Make-up hat gewiss ganz besonders an Mütter gedacht, als er sein Zaubermittel erfand. Ich schminkte mich möglichst sorgfältig, schlüpfte in meinen Hosenanzug und sündig hohe und teure Schuhe – die ich mir irgendwann in den letzten Wochen mit schlechtem Gewissen neu gekauft hatte – und steckte meine etwas strähnigen Haare auf. Noch ein paar Spritzer Parfum, und meine Verwandlung war perfekt. Meine Mutter kam pünktlich zum Schichtwechsel, war ausgeruht und gut gelaunt. Unendlich dankbar für diese Hilfe verließ ich die Kinderstation und versuchte mich auf den vor mir liegenden Tag zu konzentrieren.

Eine halbe Stunde später saß ich im ersten Meeting, warf Charts an die Wand und erklärte, warum nur mit diesen Ideen ein Erfolg möglich sei. Hin und wieder schickte ich leise Dankesgebete an alle Kaffeebauern und an die praktische Einrichtung von Adrenalin – meine Aufregung sorgte immerhin dafür, dass ich mich sogar ziemlich fit fühlte.

Es folgte ein Mittagessen mit möglichen neuen Kunden, zu dem Nicki mich mittels einer kurzen Mail gezwungen hatte. Dann zwei oder drei Stunden am Schreibtisch, immer im Gespräch mit einem unserer Grafiker. Anschließend mit dem Taxi zu einem Radiosender, für den wir seit Jahren Imagekampagnen machten, in denen wir Moderatoren mit typisch bayerischen Utensilien wie Lederhosen, Maßkrügen oder gefleckten Kühen schmückten und damit ihnen das richtige Lokalkolorit verpassten. Wieder Kaffee, wieder Besprechungskekse, wieder Konzentration. Erst danach fuhr ich mit dem Bus wieder zum Krankenhaus zurück. Der hektische Tag hatte mir nicht einmal Zeit gelassen, bei meiner Mutter nach Hanna zu fragen. Während die Anspannung allmählich von mir abfiel, fing ich an, mir wirklich Sorgen zu machen. Was, wenn inzwischen etwas Schlimmes passiert war? Mein Verstand erklärte mir, dass meine Mutter in diesem Fall sicher auf meinem Handy angerufen hätte. Irgendein alter Teil meines Hirns – der mit den Mutterinstinkten in der Nähe des Stammhirns – glaubte nicht an solch logische Erklärungen. Ich rannte die letzten Meter zum Krankenhaus. Sieg der Instinktsteuerung.

Ich nahm zwei Stufen auf einmal, während ich die Treppen zu Hannas Station nach oben rannte. Erst vor der Tür zu unserem Zimmer zwang ich mich zur Ruhe. Wenn die Kleine schlief, dann wollte ich ganz bestimmt nicht die Person sein, die sie aufweckte. Vorsichtig schob ich die Türe auf.

Auf dem Bett saß meine Mutter, Hanna hing auf ihrem Schoß und reagierte kaum darauf, dass ich gekommen war. Meine Mutter las ihr gerade ein Buch vor, und Hanna schien zumindest fit genug, um die Augen aufzuhalten.

Vorsichtig näherte ich mich und drückte meiner Tochter einen Kuss auf die Wange. Dabei bemerkte ich zu meinem Entsetzen, dass an ihrem Handrücken jetzt eine Kanüle klebte. Aus einem Tropf rann eine klare Flüssigkeit in Hannas Adern. Es fiel mir schwer, meine Fassung zu bewahren, als ich darauf deutete. »Wissen die Ärzte inzwischen, was Hanna hat?«

Meine Mutter schüttelte den Kopf. »Nein, der Tropf ist nur vorbeugend – falls sie durch das Fieber zu viel Flüssigkeit verliert. Sie waren sich nicht sicher, ob sie genug trinkt.«

»Haben die Ärzte wenigstens einen Verdacht?«

Wieder das Kopfschütteln. »Nein. Virus, Bakterium, Allergie … Ich glaube nicht, dass sie mehr wissen als gestern Abend. Würde mich nicht wundern, wenn es ein ganz banales Dreitagefieber ist.«

Ich runzelte die Stirn. »Dreitagefieber? Was ist das?«

»Haben alle«, erklärte meine Mutter mit einem Achselzucken. »Du auch in dem Alter. Hohes Fieber und dann ein Ausschlag. Ist nicht schlimm.«

Aha. Heimlich strich ich diese Krankheit von der Liste der möglichen Dinge, die Hanna hatte. Wenn es so einfach war, dass sogar meine Mutter es kannte, dann konnte es kaum die Ärzte hier vor ein Rätsel stellen, oder?

Vorsichtig ließ meine Mutter Hanna auf das Bett gleiten und griff nach ihrem Mantel.

»Morgen um die gleiche Zeit?«, fragte sie geschäftsmäßig.

Ich nickte. »Wäre toll. Morgen ist mit Terminen genauso voll wie heute.«

Für einen Moment musterte meine Mutter mich etwas eindringlicher. »Übernimm dich nicht«, sagte sie schließlich, küsste Hanna auf die Stirn und verabschiedete sich von mir. Dann war ich alleine mit meiner Tochter. Langsam schälte ich mich aus meiner Kampfrüstung für die Geschäftswelt. Jogginganzug und dicke Socken statt den Manolos, Brille statt Kontaktlinsen und runter mit dem Make-up. Ich musterte das Wesen, das da zum Vorschein kam. Rote Augen, tiefe Augenringe.

Ich schüttelte den Kopf. Keine Zeit für Selbstmitleid. Ich setzte mich zu Hanna, streichelte ihr die heiße Stirn und erzählte ihr, was ich an diesem Tag so getan hatte. Ich glaube nicht, dass es sie sonderlich interessierte.

Als ich irgendwann später bei Oliver anrief, um ihm von meinem Tag und seiner Tochter zu erzählen, erreichte ich nur Katja. Ich konnte also nur Grüße ausrichten. Und weil ich es nicht übers Herz brachte, Hanna in ihrem Gitterbett abzulegen, legte ich mich auf dem schmalen Bett möglichst unauffällig um meine Tochter herum, die inzwischen zu einem kleinen Ball zusammengerollt in der Mitte lag, mit weit offenem Mund schlief und dabei leise vor sich hin schnorchelte.

Für mein Gefühl verging nur ein Augenblick, bis ihr Schnorcheln in ein durchdringendes »Mama!« überging. Ein Blick auf die Uhr belehrte mich eines Besseren: es war kurz nach zwei Uhr nachts. Oder morgens, je nach Sichtweise. Hanna hatte einen hochroten Kopf, schlug um sich, riss sich dabei den Tropf aus der Hand, heulte noch lauter, protestierte, als die Krankenschwester einen neuen Tropf legte, und schlief schluchzend auf meiner Brust wieder ein. Zwei Stunden später – es blieben mir also noch einmal zwei Stunden Schlaf, bis die fröhliche Schwester mir ein »Guten Morgen!« entgegenschmettern würde.

Als es so weit war, erhob ich mich und warf mich wie ferngesteuert in meine Kleider. Der Anspruch, eine ebenso großartige Marketingfrau wie Mutter zu sein, forderte wirklich seinen Tribut. Später ertappte ich mich dabei, dass ich einem Kunden eifrig nickend zuhörte, während ich in Wirklichkeit überlegte, in welchem Schnellimbiss ich auf dem Weg zum Krankenhaus wohl einen kurzen Stopp einlegen könnte. Immerhin entgleiste mir dabei mein Gesicht nicht – zumindest wirkte der Kunde hoch erfreut und erklärte mir, dass ihm noch nie jemand so aufmerksam zugehört hätte wie ich. Wahrscheinlich waren seine Ideen so idiotisch, dass all meine Kollegen seit Jahren nach wenigen Augenblicken abwinkten. Nur eine fast hirntote Mutter wie ich konnte da noch freundlich lächelnd Interesse heucheln …

Ich brachte den Tag irgendwie hinter mich, bis meine Mutter am späten Nachmittag anrief. Mein Herz setzte für einen winzigen Moment aus, als ich ihre Stimme erkannte – und sie schien zu wissen, dass sie mich sofort beruhigen musste. Ohne Vorreden erklärte sie: »Reg dich nicht auf! Alles ist in Ordnung, wir dürfen noch heute Abend nach Hause. Ich erkläre dir dann alles, wir treffen uns in einer Stunde.«

Damit legte sie auf. Ich sah verblüfft auf das Handy in meiner Hand. Hanna durfte nach Hause? Einfach so? Und das, nachdem das Google-Orakel in meinem Büro inzwischen mehr tödliche Krankheiten mit hohem Fieber ausgespuckt hatte, als ich jemals für möglich gehalten hätte?

Langsam verabschiedete ich mich von meinem letzten Gesprächspartner des Tages, ignorierte Nickis mitleidige Blicke und ging zu meinem Auto. Eine

Nacht in meinem eigenen Bett, ohne die beständigen Krankenhausgeräusche vor der Tür – das erschien mir bereits wie das Paradies …

Als ich zu Hause war, saß meine Mutter gemütlich auf der Couch, Hannas Kopf auf dem Schoß und mit einem großen Glas Weißwein in der Hand. Ich nahm es ihr aus der Hand, trank einen tiefen Schluck und ließ mich dann neben sie fallen. »Was ist los?«

Meine Mutter streichelte über Hannas Stirn. »Das Dreitagefieber, wie ich es vermutet habe. Heute Nachmittag ist der Ausschlag aufgetaucht, der die Diagnose wohl ziemlich leicht macht – und damit haben sie uns aus dem Krankenhaus verscheucht.«

»Und für so eine einfache Sache haben die uns fast drei Tage dabehalten?« Ich war fassungslos.

»Ist doch besser, als würden sie alles auf die leichte Schulter nehmen, meinst du nicht?« Die Stimme meiner Mutter war sanft. Und sie hatte vermutlich recht. Wie so oft.

Um mich zu beruhigen, nahm ich einen weiteren großen Schluck Wein, legte mich ein wenig bequemer auf die Couch – um drei Stunden später wieder aufzuwachen.

Ohne Orientierung richtete ich mich auf. Meine Mutter räumte gerade das Wohnzimmer auf – das tat sie, seit ich denken konnte, immer am Abend bevor sie ins Bett ging. Von meiner Tochter war nichts zu sehen. »Was …?«, murmelte ich verschlafen.

»Hanna liegt schon seit zwei Stunden in ihrem Bett und schläft fest! Und da solltest du jetzt auch hin …« Noch nie habe ich mich so gerne von meiner Mutter ins Bett schicken lassen.

Als ich einen Tag später wieder einmal in Mannheim aus meinem Zug stieg, wurde Oliver für einen Augenblick bleich, als er mich sah. »Schatz …« Er verkniff sich den Rest des Satzes. Offensichtlich war ihm eingefallen, dass Frauen ungern hören, wie grauenhaft sie aussehen. Selbst dann, wenn es die Wahrheit ist. Stattdessen umarmte er mich. Das war mir auch sehr viel lieber …

Ich-Barometer

Positiv:

Ich lebe noch!

Negativ:

Aber ich sehe nicht so aus.

17

Wie neu geboren

Ich blinzelte durch die hellgrünen Blätter in die Sonne. Frühling. Endlich musste ich Hanna nicht mehr wie ein kleines Michelin-Männchen anziehen, wenn ich nur für eine halbe Stunde in den Park wollte. Stattdessen taten es eine einfach Jacke, Kniestrümpfe … Alleine die Sache mit den Kniestrümpfen: Kleinkinder und Babys tragen im Winter Strumpfhosen. Die zerrt man mühselig über die kleinen, eigensinnig strampelnden Füße. Meistens vergehen nach vollbrachter Tat etwa fünf Minuten, bis der erste Windelwechsel ansteht. Kein Problem. Man kann die Strumpfhosen ja nur ein bisschen herunterziehen und dann die Windel mit einem kunstvollen Griff vorsichtig entfernen. Wenn das allerdings danebengeht – dann muss man eine neue Strumpfhose bereitliegen haben.

Aber dieses lästige Problem war mit dem Einzug des Frühlings beendet. Plötzlich nur noch Jeans, Strümpfe und ein langärmeliges T-Shirt, und schon war das Kind fertig für eine Runde Spielen.

Verträumt sah ich meiner Tochter zu, wie sie ein kleines Schneckenhaus aufhob, lange betrachtete und schließlich mit ihrem kleinen Zeigefinger in der Öffnung bohrte. Bis zu diesem Zeitpunkt war ich der Meinung, das Haus sei schon lange unbesetzt. Weit gefehlt. Mit einem deutlich ausgesprochenen »Ekelig!« kam sie zu mir gerannt, den Zeigefinger hoch in die Luft gereckt. Daran klebte die Schnecke. Oder das, was davon übrig war. Meine Tochter war eine Mörderin – noch dazu eine, die vor hässlichen Morden nicht zurückschreckte. Statt allerdings rechtschaffen entsetzt zu sein, wühlte ich in meiner Handtasche nach einem Feuchttuch.

Mit dem Einzug von Hanna hatte meine Handtasche eine Wandlung erfahren. In der Zeit vor der Geburt bevorzugte ich große Modelle, damit alle meine Frauenzeitschriften, Sonnenbrille, Terminkalender, Laptop, Handy, iPod und vielleicht noch der ein oder andere Lippenstift Platz fanden. Jetzt lagen in der gleichen schicken Handtasche von Mandarina Duck Dinge wie ein Schnuller, Gummibärchen und Butterkekse in einer quietschorangenen Box, eine Ersatzwindel, Feuchttücher, Pflaster mit Micky-Maus-Motiven, eine Trinkflasche mit Winnie-Puuh-Motiv – und daneben natürlich immer noch mein Handy und meine Brieftasche. Ich brauchte ein Weilchen, bis mir klar wurde, dass ich an diesem Tag mit meiner Suche nach den Feuchttüchern keinen Erfolg hatte. Dunkel vermeldete mein Hirn, dass ich das letzte Exemplar auf dem Weg in den Park an die Überreste eines Bällchens Mangoeis verschwendet hatte. Das half mir jetzt auch nicht weiter.

Ich nahm Hanna an ihrer sauberen Hand und zog sie zu einem der vielen Brunnen. Zumindest konnte sie da ihre Hand ein bisschen im sauberen Wasser waschen. Das war von »richtig sauber« zwar immer noch weit entfernt, aber ich hatte wenigstens nicht mehr das Gefühl, dass ich meine Tochter mit Schneckenmus am Finger einfach weiterspielen lassen würde.

Beglückt rannte Hanna wieder zurück. In diesem Augenblick tauchte Monika auf dem Spielplatz auf. Mit einem wahren Monster an Kinderwagen – in Fachkreisen als »Geschwisterwagen« bekannt. Mit dem konnte man das eine Kind im Sitzen und das andere im Liegen transportieren. Ich glaube, diese Teile haben einen Wendekreis wie ein Kleintransporter und wiegen nur unwesentlich weniger. Monika hatte ihr Gerät ein paar Wochen vor Vitalis Geburt bei eBay ersteigert – die Kosten waren immer noch beeindruckend gewesen.

Erst jetzt merkte ich, dass ich Monika seit zwei Wochen nicht mehr gesehen hatte – sie hatte die Zeit offensichtlich genutzt, um ihren kleinen Boxer auf die Welt zu bringen. Ich sprang auf und fiel ihr um den Hals. »Vitali ist da! Das habe ich gar nicht gewusst – du hast dich ja gar nicht gemeldet!«

Monika winkte ab. »Ich war ja auch mit Heulen beschäftigt, da wollte ich garantiert niemanden sehen. Hattest du eine Wochenbettdepresse? Nicht? Sei froh! Ich habe eine komplette Woche beim Anblick von jedem Schnuller und jeder Windel losgeheult. Und da musste die Windel wohlgemerkt nicht einmal voll sein …«

»Und jetzt geht es dir besser?«, fragte ich vorsichtig nach. »Klar«, nickte Moni mit einem etwas schiefen Grinsen.«»Ich darf nur meine Pillen nicht vergessen.«

Vorsichtig sah ich in den Wagen zu dem kleinen Vitali. Mir war schon in dieser Sekunde klar, dass ich sogleich lügen würde. Ich finde Neugeborene nun einmal nicht besonders bezaubernd. Eher im Gegenteil. Ich finde Neugeborene ganz besonders hässlich – bis auf wirklich sehr wenige Ausnahmen oder Kaiserschnitt-Babys, die sich nicht durch eine viel zu enge Höhle haben quetschen müssen. Sie haben verquollene Augen, eine angematschte Nase und sabbern aus einem zahnlosen Mund. Mütter brauchen eine Menge Hormone, um das gut zu finden.

Vitali war keine Ausnahme. Kein Hals, keine Haare, Speckfalten anstelle eines Kinns. Und doch … seit Hannas Geburt funktionierte das Mütter-Hormon sogar bei Kindern, die nicht meine eigenen waren. »Ist es nicht ein Wunder, wie winzig diese Fingerchen sind?«, hörte ich mich sagen. Vorsichtig streichelte ich über die zarte Haut an seiner Wange.

Moni seufzte. »Ja, das sagen alle. Ich bin im Moment einfach nur müde, keine Ahnung. Aber in ein paar Tagen oder Wochen werde ich ihn sicher großartig finden.«

Warum nur wird in allen Filmen und Büchern immer so getan, als ob Mütter in einem fort auf Glücksdroge und von ihrem Kind ganz besoffen sind? Wahrscheinlich, weil die Realität so viel weniger rosig ist. Viel häufiger brauchen die frischgebackenen Mütter einfach ein paar Tage oder Wochen, bis sie sich auf das neu angekommene Familienmitglied eingestellt haben. In dieser Zeit sind sie milde überrascht, dass die Schwangerschaft vorbei ist und sie nicht mehr wie ein Wal mit Beinen durch die Landschaft laufen. Die Begeisterung aller Mitmenschen ob des neuen Babys ist für viele deswegen so großartig, weil sie selber noch nach der Begeisterung suchen. Und sie zum Glück auch finden. Manche schon zwanzig Minuten nach der Geburt – bei anderen freilich erst zwanzig Wochen nach der Geburt …

Vitali sabberte ein bisschen im Schlaf. Ich nahm den kleinen Boxer aus seinem Kinderwagen und hob ihn vorsichtig hoch. Dabei ermahnte ich mich heimlich, dass ich jetzt auf keinen Fall sein Köpfchen fallen lassen durfte – Dinge, an die ich bei Hanna schon lange nicht mehr denken musste. Vorsichtig streichelte ich über Vitalis Rücken, während Wladimir mit Hanna laut schreiend in Richtung Sandkasten verschwanden. Moni ließ sich auf eine Bank plumpsen, ich setzte mich neben sie. Nachdenklich sah sie Wladimir hinterher.

»Tragisch, dass ich es jetzt schon fast nicht erwarten kann, bis Vitali auch so weit ist. Am liebsten hätte ich es, wenn er jetzt aufstehen und loslaufen würde.«

Ich sah auf das kleine Bündel auf meiner Schulter, registrierte den weißlichen Fleck auf meiner Jacke, den Vitali beim hingebungsvollen Nuckeln an meinem Kragen produziert hatte – wenn ich nicht aufpasste, würde ich die nächsten Tage mit diesem Sabberfleck durch Bad Dürkheim laufen.

Nicht ganz überraschend tauchte Specki mit

ihrem Buggy auf dem Spielplatz auf. Sie war eine dieser Mütter, die immer über die vielen Pfunde aus der Schwangerschaft schimpften und gleichzeitig eine komplette Tafel Schokolade in sich hineinschoben, »weil man als stillende Mutter ja so viel Energie braucht«. Aus dem Stillstadium kamen sie nie richtig heraus. Wenn ich mich richtig an den letzten Sommer erinnerte, dann war sie absolut jeden schönen Tag zwischen zwei und drei Uhr nachmittags hier erschienen. Das wusste ich deswegen so genau, weil ich um diese Zeit auch immer hierhergekommen war. Damals mussten wir noch unsere Kinder aus dem Kinderwagen heben und in den Sandkasten setzen – aber diese Zeiten waren längst vorbei. Auf die kleine Kinderrutsche kletterte Hanna inzwischen ohne meine Hilfe – ich musste allerdings immer intensiv wegsehen und mir nicht vorstellen, was da alles passieren konnte. Und dazwischen konnten die Kleinen wunderbar ohne Hilfe zum Sandkasten rennen und sich dort alle ihre Förmchen von den älteren Kindern wegnehmen lassen. Ich betrachtete das als eine Einzahlung in einen Pool, aus dem Hanna sich dann in ein paar Jahren wieder bedienen konnte …

Specki winkte uns zu, befreite ihren Liam aus seinen Gurten und kam zu uns herübergeschlendert. Pflichtschuldig bewunderte sie Vitali, um uns dann ungefragt zu erzählen, welche Fortschritte ihr Sohn im Winter gemacht hatte – immerhin hatten wir die ganzen langen Monate über nicht ständig die Entwicklungen unserer Kinder vergleichen können. Als

Specki erklärte, dass Liam so wahnsinnig gerne Memory spielen würde, rutschte mir ein »Hanna blüht immer im Hebräisch-Grundkurs so auf!« raus. Das sollte ein Scherz sein. Kein sehr guter, ich weiß – aber immerhin hatte ich für eine Zehntelsekunde versucht, diesen Vergleichswahn ein wenig auf die Schippe zu nehmen.

Specki war jedoch komplett humorbefreit. Sie nickte nur bedeutungsschwanger und meinte: »Wir planen das Chinesisch erst für nächstes Jahr.« Ich sah sie prüfend an. Handelte es sich um einen Scherz? »Sie sollten doch wenigstens zwei werden, bevor man eine Fremdsprache einführt.« Noch ein Blick von mir. Sie meine es ernst. Todernst.

»Chinesisch?«, fragte ich möglichst heiter nach. »Wie seid ihr denn darauf gekommen?«

»Das ist doch die kommende Weltmacht!«, erklärte sie mit einem Ton, als ob sie mir soeben das kleine Einmaleins hätte erklären müssen. »Es ist sicher von Vorteil, wenn man die Sprache dann schon von Kindesbeinen an gesprochen hat.«

Mir fiel dazu nichts mehr ein. Hilfe suchend sah ich Moni an. Die war doch vernünftig. Oder? Sie schüttelte den Kopf. »Ich finde Chinesisch ein wenig schwierig. Wir haben uns überlegt, ob der zweisprachige Kindergarten mit Englisch eine gute Sache sein könnte ... Da würden wir wenigstens verstehen, um was es geht.«

Ich dachte für einen Moment darüber nach, ob ich mich wie eine Rabenmutter fühlen sollte, und sah zu meiner Tochter hinüber, die in diesem Moment Liam eine Handvoll Sand in den Ausschnitt rieseln ließ. Ich plante keine Fremdsprache für sie. Mit meinem beschränkten Horizont hoffte ich, dass eine Erziehung in Pfälzisch und Hochdeutsch mehr als genug Zweisprachigkeit für sie war.

Zum Glück vertiefte Specki das Thema nicht weiter, sondern erzählte lieber wieder von ihrem Liam und seiner Begabung für das Laufrad. Und seinem reichen Wortschatz. Seinem Können beim Klettern. Seiner sozialen Ader beim Umgang mit kleineren Kindern. Irgendwann fiel selbst Specki nichts mehr ein. Sie holte sich ein Snickers aus ihrer Handtasche, biss ab und fragte kauend: »Und bei dir? Was macht Hanna denn so?«

Ich sah erneut zu meiner Tochter hinüber, die jetzt im Licht der Nachmittagssonne hingebungsvoll kleine bröselige Törtchen auf dem Rand des Sandkastens herstellte und dabei leise »Backe, backe Kuchen!« sang. Ich holte tief Luft und verkündete dann: »Hanna? Hanna kann nix.«

Und hoffte inständig, dass ich meinem armen Kind damit eine Menge Druck in seinem Leben erspart hatte.

Etwas später an diesem Nachmittag verabschiedete ich mich von meinen Mitmüttern, überredete Hanna mit Hilfe eines milchgefüllten Schokoladenriegels dazu, in ihren Buggy zu klettern, und kullerte nach Hause. Meistens war das mit den Mitmüttern ja sehr nett. Aber immer dann, wenn es darum ging, wessen Kind jetzt schon laufen, hüpfen, reden oder kopfrechnen konnte, fand ich es ziemlich anstrengend. Und ich dachte unwillkürlich, dass all diese Mütter eigentlich an den Rand einer Eiskunstlaufbahn gehörten, wo sie ihren Nachwuchs schön anfeuern konnten, wenn er zum dritten oder vierten Mal auf die Schnauze fiel und über verkühlte Finger klagte …

Mit diesen Phantasien im Kopf schloss ich die Tür zu unserem Haus auf. Noch bevor ich auch nur einen Fuß hineinsetzte, hörte ich, dass die beiden Walter-Kinder sich ordentlich in der Wolle hatten. Oliver und Katja schrien sich so laut an, dass auch die Nachbarn etwas davon hatten …

»Du kannst nicht einfach heimkommen und dich hier breitmachen, als ob du einen Anspruch auf dieses Haus hast!«, schrie Oliver. »Du hattest die Wahl zwischen der Welt und der Pfalz – und du hast klargemacht, dass du mit dem Haus hier im Speziellen und Bad Dürkheim im Besonderen – und vor allem deiner Familie – nichts zu tun haben willst.«

»Und du? Du glaubst, dass es eine Leistung ist, immer nur in deinen Weinbergen zu sitzen und nie über den Rand deines Weinglases hinauszuschauen – um am Schluss stolzer Besitzer unseres gemeinsamen Elternhauses zu werden?«

Olivers Stimme klang so wütend, wie ich sie noch nie gehört hatte. »Du respektierst nichts und niemanden, der mit mir zu tun hat. Meine Frau und mein Kind kritisierst du in einer Tour und machst Vorschläge zur Erziehung meiner Tochter, die viel zu deutlich zeigen, dass es ein Glück ist, dass du kein eigenes Kind hast. Und deine indiengeschulte Sensibilität reicht nicht einmal so weit, dass du merken würdest, wie sehr du uns auf den Geist gehst. Verschwinde doch bitte wieder zu der Palme, unter der du auch die letzten Jahre verbracht hast!«

Es folgte ein langes Schweigen. Dann antwortete Katja mit einer gefährlich ruhigen Stimme. »In Ordnung, ich verschwinde. Aber vielleicht solltest du deiner Alex allmählich klarmachen, dass du diese Gegend nicht verlassen willst. Ich glaube, sie träumt immer noch davon, dass sie eines Tages wieder in München lebt und diese Pfälzer Beschaulichkeit hinter sich lassen darf. Und du verteidigst mit Klauen und Zähnen dein Haus, als ob du niemals auszuziehen gedächtest. Tust du ja wahrscheinlich auch nicht. Du lässt Alex alleine zurück in ihre Biergärten und ihr Schicki-Micki-Leben und bleibst hier sitzen. So, wie du es dein ganzes Leben getan hast.«

Vorsichtig zog ich mich ein bisschen zurück. Hanna lehnte sich an mich und fragte vorsichtig: »Papa böse?«

Ich streichelte ihr über die Haare.

»Nein, er unterhält sich nur ein bisschen mit Katja.«

Hanna strahlte. »Katja lieb!«

Hm. Schön, dass bei meiner Tochter die Welt noch so herrlich einfach in zwei Hälften aufgeteilt war.

Hatte Katja recht? Wollte ich immer noch zurück nach München und mich wieder in meinem alten Leben ausbreiten? Und vor allem: War ich bereit, das auch ohne Oliver zu tun? Nachdenklich setzte ich mich auf die Stufe vor unserem Haus und nahm Hanna in die Arme.

»Eigentlich ist es hier gar nicht so schlecht«, flüsterte ich ihr in die Ohren. Das hatte ich bisher nur meinem Mann nicht gesagt. Ich mochte das Haus mit den Türmchen und Erkern, in dem wir wohnten. Und ich konnte sogar die Menschen ganz gut leiden – sogar dann, wenn ich sie nicht verstehen konnte.

Mit Oliver war ich inzwischen häufiger uneins als in den ersten Monaten unserer Liebe. Aber das war wohl nur der Lauf der Dinge. Gleichzeitig war er ein liebevoller Freund und ein großartiger Vater meiner Tochter geworden. Mit ein bisschen Glück kam auch irgendwann wieder ein bisschen Leidenschaft zurück. Das sollte ich alles aufgeben, nur um mein altes Leben wiederzubekommen? Zum ersten Mal seit einer Ewigkeit zwang ich mich in dieser Sache zur Ehrlichkeit.

Nachdenklich sah ich vor mich hin. Wann genau hatte ich eigentlich das letzte Mal im Internet nach einer Wohnung gesucht? Oder mir eine angesehen? Wenigstens mit den Vermietern telefoniert? Das war Wochen her. Aber die komplette Zeit hatte ich Oliver immer wieder angejammert und ihm erklärt, dass die Pfalz auf Dauer nicht ging.

Ich lauschte wieder nach oben. Katja und Oliver waren ruhiger geworden. Die Nachbarn mussten sich jetzt keine Sorgen mehr machen: Heute würde es keine Toten geben.

Immer noch redete Katja. »Ich habe doch gar keine Lust mehr auf dieses Indien. Ich habe nur keine Ahnung, was ich hier machen soll. Seit Wochen hoffe ich darauf, dass ich eines Morgens aufwache und eine Eingebung habe. Kommt aber nicht. Und jetzt willst du mich auch nicht mehr hier haben ...«

Täuschte ich mich, oder weinte meine Schwägerin?

Ein längeres Schweigen setzte ein. Ich schickte ein kleines Gebet gen Himmel, dass Oliver über seinen Schatten gesprungen war und Katja jetzt mal in den Arm genommen hatte.

Hanna hatte sich in der Zwischenzeit eine der Malkreiden genommen und färbte hingebungsvoll und sehr konzentriert Pflastersteine himmelblau und hellrosa. Sie hatte sechs Steine geschafft, als Oliver wieder zu vernehmen war.

»Wenn das so ist ... Warum hast du nie etwas gesagt? Ich habe eine Idee. Früher hat es doch im Erdgeschoss von unserem Haus einen Laden gegeben. Vielleicht solltest du den wieder herrichten und Tee und Krempel aus der Dritten Welt anbieten? Dann könntest du immer noch deine Kontakte nach Indien nutzen, fühlst dich wohl in diesem Geruch nach Räucherstäbchen und Gewürzen – und du hättest dein eigenes Leben, bei dem du nicht von mir oder Alex abhängig wärst.«

Schweigen. Ich musterte unser Haus. Wir lebten im ersten und zweiten Stock, das Erdgeschoss war unbenutzt. Eine Treppe an der Ecke führte zu einer Ladentür, die fest verrammelt war. Ich war ein paarmal in den leeren Räumen umhergelaufen – aber die alte Teeküche, die abgeschlagenen Kacheln in der Toilette und die abgewetzte Auslegeware in dem ehemaligen Verkaufsraum hatten dafür gesorgt, dass ich mich Olivers Meinung anschloss: Hier musste man erst einmal viel Arbeit reinstecken, bevor man diese Räume wieder vermieten konnte. Und bei meiner handwerklichen Unbegabung, die ich uneingeschränkt mit Oliver teilte, würde man die Aufgabe wohl einer Heerschar von Handwerkern überlassen müssen. Das klang teuer. Und so stand der Laden schon seit Jahren leer. Und ich hatte seine Existenz einfach gar nicht mehr präsent. Mich eher darüber beschwert, dass wir immer so viele Treppen steigen mussten, als dass ich mir klargemacht hätte: Kein Wunder, unser Erdgeschoss steht ja auch leer.

Ich lauschte wieder nach oben. Katjas Stimme klang entnervt. »Und wie sollte ich deiner Meinung nach einen Laden auf die Beine stellen? Das Renovieren ist kein Problem, das traue ich mir zu. Aber dann muss erst einmal Ware her. Dafür muss ich in Vorleistung gehen – und dafür fehlt mir das Geld. Die Bank wird mir auch keines geben. Das Einzige, in dem ich wirklich Profi bin, ist Rucksackreisen. Dafür gibt es bis jetzt allerdings keinen Unititel. Zumindest nicht, als ich das letzte Mal nachgefragt habe …«

Oliver zögerte. Ich wusste genau, wie er jetzt aussah. Er kaute kurz auf seiner Unterlippe, strich sich mit den Händen durch das ohnehin schon zerwuschelte Haar, setzte zwei Mal zum Reden an – und brachte dann endlich die passenden Worte heraus: »Ich muss natürlich erst mit Alex reden. Aber ich denke, ich könnte dir helfen. Meine Krimis verkaufen sich ganz gut, ich habe inzwischen ein bisschen Geld gespart. Es sieht im Moment sogar so aus, als ob der erste Krimi fürs Fernsehen verfilmt wird … Auf jeden Fall kann ich es mir leisten, dir ein paar Euro für deine Ware zu leihen. Als eine Art Start-hilfe. Was hältst du davon?«

Für einen Moment herrschte Schweigen. Dann quiekte Katja und rief: »Das würdest du wirklich machen?«

»Wenn du es erträgst, die Früchte meines Mam-monstrebens zu ernten?« Ich konnte es fast sehen, wie Oliver bei dieser Frage eine Augenbraue nach oben zog.

Das war für meinen Geschmack der Moment, in dem ich mich wohl einklinken sollte. Mit einem pädagogisch nicht sonderlich wertvollen Winken mit einem Riegel der weiß-orangenen Schokolade für kleine Menschen lockte ich Hanna von ihrer Pflasterstein-Malaktion weg. Sie war inzwischen bei Stein elf. Auf der Treppe redete ich lautstark auf sie ein, damit wir nicht plötzlich unangemeldet vor den beiden Geschwistern standen.

Für einen winzigen Augenblick ging mein Plan auf: Oliver begrüßte mich mit einem überschwäng-lichen »Hallo!«. Als er seine Tochter umarmte, er-klärte sie mit ihrer durchdringenden Kinderstimme: »Papa ganz böse. Gehört!«

Oliver sah mich fragend an. Ich versuchte ein schiefes Lächeln: »Wir haben euch gehört, klang nicht so, als ob ihr gestört werden wolltet. Also haben wir ein paar Minuten unten gewartet. Hanna

war beeindruckt von der Lautstärke ihres Vaters.«
Ich zögerte einen Augenblick. »Und ich finde die
Sache mit dem Dritte-Welt-Laden eine gute Idee.
Meinen Segen habt ihr.«

Dann holte ich noch tiefer Luft und wandte mich
Katja zu. »Und nur um eines klarzustellen: Ich bin
hier nicht in Wartestellung auf einen besseren Job
und eine bessere Wohnung in München. Im Gegenteil: Ich mag es hier. Das Haus, den Ort, die Menschen … ich denke nicht, dass es einen besseren Ort
gibt, um ein Kind aufzuziehen. Ich bleibe hier.«

Zur Bestätigung nickte ich noch einmal. Aus dem
Augenwinkel sah ich, wie Oliver seinen Mund kaum
noch schließen konnte. Und Hanna lehnte sich
gegen mein Bein, zog ihren Papa ein bisschen näher
und strahlte uns mit zurückgelehntem Kopf an:
»Mama Papa lieb!« Um dann nach unseren Händen
zu greifen, sie mit Enthusiasmus zu schütteln und
»Guten Appetit!« zu rufen. Es konnte nicht jede
Bemerkung beweisen, dass Hanna bereits ein aus-
geprägtes Gespür für zwischenmenschliche Situa-
tionen hatte.

Ich–Barometer

Positiv:

Bin angekommen. Meine Schwägerin auch.

Negativ:

Aus dem Urlaub in Indien wird nix.

18

Kindergarten, hundertprozentig pälzisch

»Jetzt haben wir uns eine Pause verdient!« Katja warf den Pinsel mit einer schnellen Bewegung in ein Glas. »Eröffnung ist schließlich erst in vier Wochen!«

Ich nickte und versuchte, Hanna davon abzuhalten, doch noch ein paar eigenwillige Kindermalereien neben die Tür zu platzieren. Seit Wochen renovierte Katja den alten Laden unten im Haus, jetzt war der neue Holzboden verlegt, und die Wände leuchteten in einem warmen, ockerfarbenen Ton. Eigentlich fehlten nur noch die Regale, eine Theke und ein Schild an der Tür.

Gleichzeitig hatte Katja sich um eine eigene Wohnung gekümmert – sie wohnte jetzt drei Straßen weiter in einer niedlichen Maisonette. Das alles hatte für plötzlichen Frieden gesorgt. Oliver und ich hatten unser Wohnzimmer zurückerobert, freuten uns an unserer wiedergewonnenen Zweisamkeit (oder Dreisamkeit, wenn man Hanna mitzählen wollte) und genossen weiterhin Hannas neu erworbene Fähigkeit des Durchschlafens. So verlor das Elterndasein ganz allmählich das Gefühl eines permanenten Notstandes.

Heute begann das Stadtfest – ein Termin im Mai, bei dem die Dürkheimer die lange Saison der allwöchentlichen Weinfeste einläuteten. Ich ging nur zu gerne hin, immerhin hatte ich auf diesem Fest vor zwei Jahren meinen Nachnamen für eine Rieslingschorle verkauft. Aber das ist eine andere Geschichte. Jetzt packten wir Hanna, ließen sie zwischen uns als »Engelchen flieg!«-Geschoss in Richtung Himmel abheben und kamen nur fünf Minuten später auf dem Stadtplatz mit Hunderten von Feiernden an. Oliver winkte in Richtung einer leer stehenden Bierbank und rief etwas von Schorle und Flammkuchen – und schon saßen wir eingekeilt zwischen einer Handvoll Frauen unterschiedlichen Alters – und zwei Männern. Ein Betriebsausflug, wie ich schnell mitbekam. Und zwar des Kindergartens, in den Hanna in drei Monaten gehen sollte. Hanna fing an, mit einer Frau mit blondem Pagenkopf zu flirten. Sie lächelte, spielte hinter meinem Rücken Verstecken und reckte schließlich ihre Arme aus. Ohne Umstände schwebte sie über den Tisch, wurde bewundert, mit Dampfnudeln gefüttert und dann weitergereicht.

Der blonde Pagenkopf lachte. »Wann soll die zu uns kommen? August? Gut. Die passt in unsere Gruppe!«

»Sie wissen, dass Hanna zu Ihnen in die Gruppe kommt?« Ich war beeindruckt ob des Gedächtnisses der Erzieherin. Sie kannte die Namen von Kindern, die erst noch kommen sollten?

Sie schüttelte den Kopf. »Zu uns kommen alle

Zweijährigen … Wenn sie dann sauber sind, die erste Trotzphase vorbei ist und sie sich an den Kindergarten gewöhnt haben – dann werden sie in den Rest des Kindergartens verteilt.«

Das System klang mir einleuchtend – aber noch bevor ich etwas sagen konnte, kam Oliver wieder und quetschte sich auf den schmalen Platz neben mich.

Ich machte eine Handbewegung, die alle am Tisch einschließen sollte. »Darf ich dir die Belegschaft von Hannas Kindergarten vorstellen?«

Er hob sein Dubbeglas (so wurden hier die Vasen genannt, aus denen man bei Festen seinen Wein zu sich nahm) und prostete in die Runde. »Dann auf gute gemeinsame Jahre!«

Er runzelte ein wenig die Stirn und sah sich genauer um. »Und wo steckte unser Kindergartenkind? Schon wieder auf irgendeiner Tanzfläche?«

Ich schüttelte den Kopf und deutete zum Nachbartisch. Hanna quiekte vor Vergnügen und ließ sich immer noch von Hand zu Hand reichen. Im Moment saß sie bei einer dunkelhaarigen Frau auf dem Schoß, die versuchte, ihr einen türkischen Namen beizubringen. »Ich bin Gülseren!«

Hanna strahlte und sagte »Gülseren«.

Die Erzieherin juchzte auf, fischte in ihrer großen Handtasche herum, fand ein Pixi-Buch über ein Conni-Abenteuer und schenkte es meiner Tochter.

»Weil ich noch nie erlebt habe, dass ein so kleines Mädchen meinen Namen so richtig sagen kann«, erklärte sie in meine Richtung.

»Sind Sie in der Zwergen-, Bienen-, Schmetterlings- oder Fuchsgruppe?«, fragte ich nach. Immerhin wollte ich damit zeigen, dass mir die Namen der unterschiedlichen Gruppen meines zukünftigen Kindergartens durchaus geläufig waren. Auch wenn ich es für ziemlich dämlich hielt, den armen Kindern jahrelang den Satz »Ich bin ein Zwerg!« aufzudrängen.

Gülseren schüttelte den Kopf. »Ich bin in keiner Gruppe. Ich bin die Erzieherin für sprachliche Integration. Bei mir lernen die ausländischen Kinder Deutsch, wenn sie Unterstützung brauchen.«

Bis jetzt war mir in Dürkheim kein gravierendes Ausländerproblem aufgefallen. Aber womöglich lag das ja an dem segensreichen Wirken ebendieser Frau. Ich nickte und lächelte – als ich plötzlich einen Button an ihrem Hemd entdeckte. »100 % Pälzer« stand dort der mir so bekannte Schriftzug.

Ich deutete darauf. »Wo haben Sie den denn her?«

»Die kann man im Internet bestellen«, erklärte sie mir. »Ich habe da so ein lustiges Video gesehen, da konnte ich mich einfach nicht beherrschen, das wollte ich sofort haben. Auch wenn ich nur eine Pälzerin mit Migrationshintergrund bin …«

Ich starrte sie mit offenem Mund an. An mein Video für Christian, das ich vor knapp fünf Monaten ins Netz gestellt hatte, hatte ich seitdem keinen einzigen Gedanken mehr verschwendet. Nicht einmal die Anzahl der Klicks hatte ich kontrolliert. Plötzlich wollte ich nach Hause an meinen Computer. Sofort.

Zum Glück drückte mir Oliver in dieser Sekunde meine Schorle in die Hand und prostete mir zu. Ich ließ mich spontan überreden, doch erst ein paar Stunden später den Erfolg meiner Werbekampagne zu überprüfen, und wandte mich wieder dem fröhlichen Haufen Erzieherinnen zu.

Der blonde Pagenkopf hakte in diesem Moment seine beiden Kolleginnen unter und sang fröhlich bei dem Lied der Kapelle mit. »Ja, so a guder Palzwoi…«

Zu meiner Überraschung sah ich, dass sie nur Wasser in ihrem Dubbeglas hatte. Ich deutete darauf. »Wie ertragen Sie diese ganzen Betrunkenen ohne Alkohol?«

Sie grinste. »Ich habe sonst mit Kleinkindern zu tun. Das ähnelt der Arbeit mit Betrunkenen …«

Für einen Moment fiel mein Blick auf Hanna. Sie stand auf dem Tisch, strahlte und dirigierte bei der Musik mit. Ich seufzte. Die Erzieherin hatte zweifellos recht.

Einer der beiden Männer entpuppte sich als Leiter des Kindergartens. Warum nur war ich nicht überrascht, dass bei diesem Frauenberuf ausgerechnet der einzige Mann das bisschen Karriere gemacht hatte, das in einem Kindergarten möglich war? Aber wahrscheinlich konnte er nichts dafür. Die meisten seiner Angestellten arbeiteten Teilzeit oder hatten lange Babypausen hinter sich. Das war keiner Karriere förderlich, egal in welcher Institution.

Er sah sich Hanna genauer an. »Wann hat sie Geburtstag?«

»Ende August«, erklärte ich.

»Dann sollte sie ab Juli mit der Eingewöhnung anfangen«, nickte er.

Juli? Das war in sechs Wochen. Mit einer Eingewöhnungsphase im Kindergarten hatte ich nicht gerechnet – dabei hätte mir meine Palatini-Erfahrung sagen müssen, dass es ohne diese Eingewöhnung nicht ging.

»Und wie waren noch einmal die Zeiten, in denen wir Hanna bringen können?«

»7 Uhr 30 bis 17 Uhr – wenn Sie wirklich die Zeiten ausreizen wollen.«

»So viel brauche ich gar nicht«, murmelte ich überrascht. Neun Stunden meine Hanna in Fremdbetreuung geben – das klang wie Verrat. Klar, ich freute mich auf meine Freiheit. Und gleichzeitig fühlte es sich an wie ein erster Trennungsschmerz. Verwirrt griff ich zu meiner Schorle. Mit so einer Gefühlswallung hatte ich nicht gerechnet.

Oliver sah mich von der Seite an und drückte mich ein wenig an sich. »Unsere kleine Maus wird ein großes Kind«, murmelte er.

Ich konnte nur nicken.

Gemeinsam sahen wir Hanna zu, die ihren künftigen Erziehern ein bisschen auf der Nase herumtanzte, bei der einen ein Stück Dampfnudel und der anderen eine Ecke Flammkuchen stiebitzte und irgendwann zufrieden zu uns zurückwackelte. Sie brauchte uns nicht mehr in jeder Sekunde ihres Lebens. Ein kleines Stück Freiheit für uns, ein erster Geschmack von Hannas Selbstständigkeit …

Als sie wenige Sekunden später das Dubbeglas umschüttete und sich ein viertel Liter Weinschorle auf meine Jeans ergoss, hielt ich sie schnell wieder für weniger groß. Statt gerührt zu sein, war ich genervt, der Urzustand setzte wieder ein, und ich machte mich auf den Weg nach Hause, um mir etwas Trockenes anzuziehen. So warm war dieser Mai-Nachmittag schließlich doch noch nicht. Oliver, Katja und Hanna blieben bei den Erziehern, redeten längst nicht mehr über Öffnungszeiten, sondern über die Neugestaltung des Stadtparkes oder etwas ähnlich Bedeutendes.

Zu Hause schlich ich an der Baustelle in unserem Erdgeschoss vorbei und holte mir zwei Stockwerke weiter oben eine frische Jeans aus dem Schrank. Dabei fiel mein Blick auf meinen Computer. »Kaluta«, wie meine kleine Tochter zu sagen pflegte. Neugierig machte ich das Ding an und ging auf YouTube, um mein eigenes Pälzer-Video zu sehen. Gefunden.

Mein Blick fiel auf die Download-Zahlen.

168.724.

Der erste Kommentar: »Hammer! Wusste gar nicht, dass wir Pälzer so cool sind!«

Ich scrollte ein bisschen nach unten. Begeisterung allerorten. Exilpfälzer und Überzeugungs-Babbler erzählten von ihrem Spaß und bekundeten, dass sie sich ab sofort nur noch mit einer »100 % Pälzer«-Tasse im Büro blicken lassen würden.

Ich griff zum Telefon. Wusste Christian eigentlich, was da abging?

Er meldete sich sofort. »Hier ist 100 % Pälzer!«

»Und hier ist deine Marketingfrau!«, erklärte ich.

»Dich wollte ich schon anrufen«, rief Christian. »Aber ich habe es immer wieder vergessen. Wir haben so viel zu tun. Und das alles nur wegen deines genialen Videos. Hätte ich ja nie gedacht, dass das wirklich was bringt. Du musst unbedingt noch mehr machen. Ein Kumpel von mir möchte, dass du für ihn arbeitest. Und ein anderer hat ebenfalls schon nach deiner Adresse gefragt. Aber vergiss nicht: Erst einmal musst du für mich weiterarbeiten. Jetzt kann ich dich auch bezahlen …«

Im Hintergrund schrillte bei ihm ein Telefon. »Alex, ich muss da ran. Aber wir müssen unbedingt essen gehen. Wann passt es bei dir? Morgen Abend? Ich komme vorbei!«

Damit klickte es, und es wurde ruhig im Hörer. Langsam stellte ich ihn wieder auf das Ladegerät.

Konnte es sein, dass eine kleine Idee – ausgerechnet für einen unglaublich pfälzischen Verein – mich wieder ins Marketingspiel gebracht hatte? Mit einem Mal sah ich die Möglichkeit, künftig nicht mehr ständig nach München zu pendeln. Stattdessen könnte ich doch eine Pälzer Marketingagentur aufmachen. Garantiert ohne F. Oder so.

Zu Hause arbeiten und mein Kind irgendwann um neun zum Kindergarten bringen und um 15 Uhr wieder abholen. An manchen Wochentagen vielleicht doch mal wieder mit dem Surfboard losziehen. Wenn ich meine Eltern besuchte, dann weil ich das wollte – und nicht weil ein Büro von mir verlangte, dass ich ständig zwischen zwei Städten hin- und herpendelte.

Zufrieden sah ich in den Spiegel. Wieder eine halbwegs sportliche Figur – wenn auch mit ein paar Abzügen. Ein bisschen tiefere Lachfältchen und auch ein paar erste graue Haare. Aber eine unglaublich zufriedene Ausstrahlung.

Alex.

Glückliche Mama und Ehefrau in der Pfalz, erfolgreich im Job – und jetzt auf dem Weg zum Stadtfest zurück. Meine Schorle wartete auf mich.

Ich griff nach meiner Jeansjacke, lief schnell zurück und ließ mich neben Oliver auf die Bierbank fallen.

»Alla«, fing ich an. »Ich glaube, ich muss dir was erzählen ...«

Ich-Barometer

Positiv:

Mein Mann ist Pälzer, meine Tochter ist Pälzerin ...

Negativ:

... und ich werde jetzt auch so etwas in der Art.

Alex' Silvestermenü à la Mama
(Für 6 Personen)

Feldsalat in Himbeerdressing mit glasierten Maronen

Zutaten:
250 g Feldsalat
80 ml Olivenöl
1−2 EL Aceto Balsamico
frischer gemahlener schwarzer Pfeffer, Meersalz
1 TL körniger Senf
1 TL Himbeergelee
250 g Maronen, vorgekocht und geschält (vakuumiert oder tiefgefroren), etwa 30 Stück
100 g Butter
2 EL Zucker

Zubereitung:
Feldsalat waschen und trocken schleudern. Öl, Essig, Pfeffer, Salz, Senf und Himbeergelee verrühren.
Butter in einer Pfanne zerlassen. Maronen (aufgetaut!) dazugeben, Zucker darüberstreuen. Ca. 10−15 Minuten immer wieder schütteln, bis die Maronen gleichmäßig glasiert sind.
Feldsalat anmachen, auf Teller verteilen, Maronen dazugeben.

Entenkeulen mit Aprikosensauce

Zutaten:
9 Entenkeulen (für Frauen reicht eine Keule, Männer essen meistens zwei!)
3 EL Öl
frisch gemahlener schwarzer Pfeffer
Meersalz
2 Packungen Zwiebelsuppe
1 daumengroßes Stück frischer Ingwer
5 Knoblauchzehen
1–2 getrocknete Chilischoten
2 große Dosen Aprikosen
400 g Reis

Zubereitung:
Die Entenkeulen salzen und pfeffern, in einer Pfanne im heißen Öl anbraten. In eine Reine schichten. Den Inhalt von zwei Packungen fertiger Zwiebelsuppe darüber verteilen. Den geschälten, in kleine Würfel geschnittenen Ingwer, den geschälten, fein gehackten Knoblauch und die zerkrümelten getrockneten Chilischoten darübergeben. Den Inhalt der beiden Aprikosendosen (Früchte und Soße) darüber verteilen, die Keulen sollen ein wenig aus der Flüssigkeit herausragen. Etwa vier Stunden bei 150 °C im Backofen schmoren lassen. Reis nach Packungsanweisung zubereiten und dazu servieren.

Zimtparfait mit Rotweinpflaumen

(am besten am Vortag zubereiten!)

Zutaten:

5 Eigelbe

125 g Zucker

½ EL gemahlener Zimt

2 EL Cognac

½ l süße Sahne

200 g getrocknete Pflaumen

2 EL Honig (oder mehr, je nach Geschmack)

200 ml Rotwein (aus der Pfalz, natürlich!)

1 TL bittere Orangenmarmelade

Zubereitung:

Eigelb hellgelb schaumig rühren. Zucker und Zimt dazugeben und weiterrühren. Den Cognac unterrühren. Die Sahne steifschlagen und darunterheben. Mindestens drei Stunden in die Tiefkühltruhe stellen.

100 ml Wasser mit Honig aufkochen. Rotwein, bittere Orangenmarmelade dazugeben, aufkochen lassen und heiß über die Pflaumen geben. Am besten über Nacht (mindestens drei Stunden) durchziehen lassen, ab und zu umrühren. Mit dem Zimtparfait servieren.

Danksagung – schon wieder ziemlich lang

Ich habe es schon im letzten Buch geschrieben – und tue es jetzt gerne wieder: Dieses Buch ist keine Autobiografie. Mein Mann schreibt keine Bücher (das mache ja ich), meine Schwägerin war nie in Indien (oder sie hat ein großes Geheimnis, von dem ich nichts weiß), und ich habe auch keine Marketingfirma.

Aber viele Teile dieses Buches sind dennoch direkt der Wirklichkeit entnommen. Etwa der ungehemmte Wettstreit der Mütter um das begabteste Kind, die vielen Nächte, in denen Schlaf nicht möglich ist – und auch die unzähligen unpassenden Bemerkungen meiner Tochter, wenn sie lautstark ihre Verdauung kommentierte. Viele Kinderabenteuer habe ich von anderen Müttern geklaut und dann einfach meiner Alex und ihrer Hanna untergeschoben. Deswegen mein Dank an Nicole, Corinna, Gabi, Ulla, Sabine, Conni, Petra – und all die anderen, die mir bereitwillig ihre Geschichten erzählt haben. Ohne sie wäre dieses Buch nur halb so bunt.

Und natürlich mein Dank an die vielen inspirierenden Bekanntschaften, die ich im Kinderabteil der Deutschen Bahn gemacht habe. Ich schwöre: Jede einzelne Geschichte ist wahr! Und eigentlich hätte ich ein eigenes Buch über Reisen im Kinderabteil schreiben können ...

Am anderen Ende der Eisenbahnfahrten standen dann immer meine Eltern bereit, die sich liebevoll um Emma gekümmert haben, während ich gearbeitet habe (und dafür gesorgt haben, dass Emma bis heute Gelbwurst lieber »Opawurst« nennt).

Bedanken muss ich mich genauso bei den wunderbaren Erziehern in »unserem« Kindergarten – sie sind daran schuld, dass Emma mit Begeisterung jeden Morgen loszieht und mir die Zeit zum Bücherschreiben lässt. Die Gruppen sind übrigens durchnummeriert, es gibt keine Häschengruppe ... nicht nur deswegen vielen Dank an die »Gruppe 6«-Frauen: Annette Freund, Anne Häuselmann, Hedwig Krieger. Und natürlich den Chef des »Kindergartens an der Isenach«, Gary Kuhn.

Die »100 % Pälzer« gibt es wirklich. Dank an Steffen Boiselle, der mir erlaubt hat, in meinem Buch eine Werbekampagne zu machen. In der Realität braucht er keine Werbekampagne, seine Cartoons, Tassen, T-Shirts, Buttons ... verkaufen sich auch so. Für alle, die ihr Pfalztum bekennen wollen, empfehle ich www.agiro.de.

Natürlich auch ein dickes Danke an die Einzelhändler Bad Dürkheims, die Emma wirklich durchfüttern – vor allem der Belegschaft der Fleischerei Ester. Und Frau Nicolly, in deren Café »Il Cappuccino« Emma, seit sie reden kann, »Emma Milch, Mama Kaffee!« bestellt. Und immer einen (oder zwei) Kekse extra bekommt.

Der größte Dank geht aber immer noch an meine Inspirationsquelle Nummer eins: Emma, die mich mit ihrer Energie und ihrem Einfallsreichtum täglich zum Lachen bringt. Und zum Kopfschütteln. Warum nur hat sie mich letzte Nacht geweckt, um mir zu sagen, dass ich keinen Kuchen wegwerfen soll? Ich werfe *nie* Kuchen weg!

Und dann ist da noch Georg, der sich anders als der Oliver aus meinem Buch nie hinter seinen Abgabeterminen fürs nächste Buch versteckt. Im Gegensatz zu mir – ich mache das regelmäßig ... Danke!

Katrin Tempel
Stillen und chillen
Ein City-Girl zieht aufs Land.
240 Seiten. Piper Taschenbuch

Gestern trank sie noch Latte macchiato… und schwupps! Heute sitzt sie in ungewohnt ländlicher Idylle und fragt sich, wo ihr altes Leben geblieben ist. Der Alltag als Single in der City war herrlich! Ständig war was los, im Job lief alles wunderbar und die Abende mit ihren Freundinnen waren immer ein Event. Warum musste sie sich auch in einen Mann vom Land verlieben und dann auch noch schwanger werden? Statt einem halben Dutzend Mitarbeiter hört jetzt nur noch die Katze auf Alexandras Anweisungen – und selbst die nicht immer. Und an die Stelle von Gossip mit ihren Freundinnen sind Gespräche über Kreißsäle, Presswehen und Stillen getreten. Irgendwie hat sie sich das alles anders vorgestellt. Es muss etwas passieren!

Samantha Wilde
Das kommt davon
Roman. Aus dem Amerikanischen von Hanna Klimesch. 432 Seiten. Piper Taschenbuch

Schlanker Single war gestern… heute findet sich Joy als verheiratete Frau und frischgebackene Mama wieder und weiß plötzlich nicht mehr, was schlimmer ist: postnatal oder postmortal? Denn seit der Geburt ihres Babys spielt sich ihr Alltag nur noch zwischen Wickeltisch und Waschmaschine ab. Ihr Mann, ihre Schwiegermama und selbst die eigene Mutter rauben ihr – gemeinsam mit dem chronischen Schlafentzug – den letzten Nerv. Was für ein Glück, dass es beste Freundinnen und Schokolade gibt! Als plötzlich ihr umwerfend aussehender Exfreund und der charmante neue Yogalehrer auftauchen, spielen ihre Gefühle verrückt. Oder sind es nur die Hormone?

»Wilde, Yoga-Lehrerin und selbst Mutter von zwei Kleinkindern, schreibt erfrischend und authentisch.«
Publishers Weekly

Sarah Harvey

Kann ich den umtauschen?

Roman. Aus dem Englischen von Marieke Heimburger. 368 Seiten.
Piper Taschenbuch

Alice Cooper ist verwirrt. War ihr Freund Nathan schon immer so unachtsam? Oder hat sie nur nicht gemerkt, wie er sich im Laufe der Zeit veränderte? Während Alice noch darüber nachdenkt, tut er etwas (fast) Unverzeihliches. Er schenkt ihr zu Weihnachten einen Bürokalender und ein Wörterbuch – beides hat er noch schnell von seinem Schreibtisch mitgenommen. Unglaublich! Wütend schnappt sich Alice den Kalender und verfasst ihr ganz persönliches Wörterbuch: eine Abrechnung mit ihrem Horrorfreund von A-rmleuchter bis Z-eugungsverweigerer …

»Dieses Buch ist nicht nur außen rosarot, sondern auch innen: Es verzaubert mit viel Witz, Situationskomik und Charme.«
Laura

Emma Temple

Der Tanz des Maori

Roman. 480 Seiten.
Piper Taschenbuch

Seltsame Träume plagen Sina, seit sie in Neuseeland angekommen ist: Jede Nacht erscheint ihr ein tanzender Maori. Als sie in einem alten Fotoalbum das Bild einer Frau entdeckt, die ihr bis aufs Haar gleicht, ist sie schockiert: Wer war die mysteriöse Unbekannte, die Anfang des Jahrhunderts hier lebte? Erst, als sich Sina in Brandon verliebt und alle Zeichen gegen ihre Liebe stehen, beginnt sie zu ahnen, dass sie das letzte Glied in einer langen Kette miteinander verbundener Schicksale zu sein scheint …

05/2662/01/L   05/2612/01/R